Arbeiter- und Leichenstaat

Ein Plattenbau-Thriller

Bibliografische Information der Deutschen Nationalbibliothek: Die Deutsche Nationalbibliothek verzeichnet diese Publikation in der Deutschen Nationalbibliografie; detaillierte bibliografische Daten sind im Internet über dnb.dnb.de abrufbar.

© 2023 Michaela Stadelmann, 1. Auflage, ISBN 9783757814502
Herstellung und Verlag: BoD – Books on Demand, Norderstedt

Michaela Stadelmann wuchs in Nordrhein-Westfalen auf und lebt in Mittelfranken. Seit 2007 veröffentlicht sie Romane in unterschiedlichen Genres, u.a. Krimis bei Ullstein. Sie ist freie Übersetzerin und Lektorin. Im Internet findet man sie unter dem Namen *Textflash*.

Prolog

Hallo. Mein Name ist Luca.

Derzeit kauere ich auf solidem Permafrostboden. Über mir: ein kreisender Hubschrauber. Der Sturm der Rotorblätter drückt mich in die steinharte Erde wie das Artefakt eines Mosaiks. Ich soll diesen Ort nicht mehr verlassen. Das widerspricht den Plänen, mit denen ich mich am Freitag in den Zug gesetzt hatte. Da befand ich mich noch 3000 Kilometer südwestlich von hier. Zwischen mir und dem Sommer liegen nun mehrere gut bewachte Landesgrenzen und die Reste der sowjetischen Armee.

Um nicht weggeweht zu werden, lege ich mich flach hin und drücke die ausgestreckten Arme und Beine so fest wie möglich auf den Boden. Binnen Sekunden werde ich selbst zu Tundraeis. Vielleicht friere ich fest.

Der Hubschrauber – ein Modell aus Sowjetarmeebeständen – steht jetzt über mir. Die Wucht des Abwinds presst meinen Körper auf die Unebenheiten des Permabodens. Es sticht in der Lunge wie bei einer nahen Explosion, nur dass der Schmerz langsamer kommt. Ich öffne den Mund, um den Innendruck auszugleichen. Geplatzte Lungenbläschen wären jetzt, nun, nicht gut.

Wenn ich den Kopf heben könnte, würde ich dem Piloten in die Augen schauen. Aber auch so, fast mit der Erde verschmolzen, habe ich eine genaue Vorstellung seines Gesichts. Er wägt ab, ob es sich nicht doch lohnt, mich mitzunehmen. Wir beide wissen, dass jede Sekunde zählt. Hier ist außerdem der beste Ort der Welt, um mich loszuwerden.

Die Rotorblätter heulen auf. Sekundenlang werde ich noch tiefer in den Boden gepresst. Dann, fast schon gemächlich, dreht der Hubschrauber ab und fliegt dem letzten Streifen des Abendrots entgegen.

Ein letztes Mal bäumt sich der Sturm auf, schiebt sich unter meine Arme und Beine, hebt mich hoch. Fast liebevoll entlässt mich die Tundra aus ihrer tödlichen Umarmung, schubst mich sogar an, als ich davonrolle. Als wäre ich plötzlich wieder ein Kind rolle seitlich wie beim »Rollerfässchen« einen Hügel hinunter, bis ich unten ankomme und vor lauter Lachen keine Luft mehr bekomme. Nur dass ich hier über den glatten Boden schlittere, rolle, stürze, meine Hände keine Grasbüschel greifen, sondern blankes Nichts. Nach der letzten Umdrehung löst sich der Boden auf. Mein schreiender Körper fügt sich nahtlos ein in die Welt aus wirbelnd-eisigen Aufwinden, unterirdischer Hitze und dem Kreischen der verdammten Seelen der Hölle, als ich in das tiefste Bohrloch der Welt stürze, dem Jüngsten Gericht entgegen.

DDR-Souvenirs

Der Augusttag dämmerte so sonnig und heiß herauf wie alle Sommertage des Jahres 1991. Seit den Feierlichkeiten zum 3. Oktober 1990 waren zehn Monate vergangen. Allzu viel hatte ich, damals 21, von der Wiedervereinigung noch nicht mitbekommen. (Bis auf den Umstand, dass die nationale Freude nach kurzer Zeit der Ernüchterung gewichen war.) Tief im Westen hatte ich mich im Frühsommer auf meine Prüfung in irgendeinem Büroberuf vorbereitet und war nach deren Bestehen in meinen Ausbildungsbetrieb übernommen worden. Meine Mit-Azubine Cindy, zweites Lehrjahr, lud mich daraufhin für ein Wochenende zu sich in ihre »alte Heimat« nach Thüringen ein. Ich sollte echte Ost-Luft schnuppern, während sie die Gelegenheit nutzen würde, mich näher kennenzulernen. Aus mir unbegreiflichen Gründen hatte sich Cindy in einer unserer durchgemachten Disco-Nächte unsterblich in mich verschossen. Aber schon die Ehe meiner Eltern fand ich so anstrengend, dass ich keine Lust hatte, für sie mein Single-Dasein aufzugeben.

Weil mich weder der Osten noch Cindy interessierten, hielt ich sie mehr oder weniger geschickt zwei Wochen hin. Dann, in der zweiten Augustwoche erhielt ich die Zusage für eine besser bezahlte und vor allem interessantere Stelle in der Nachbarstadt, um die ich mich schon vor Längerem beworben hatte. Anfang September würde ich in die Buchhaltung eines mittelständischen Antiquariatsgroßhändlers wechseln. Mit dem Wechsel tauschte ich zwar einen sicheren Arbeitsplatz in einem Handwerksbetrieb gegen die wackelige Kulturbranche ein. Aber wir lebten in den 1990ern, von überall her schallte die Aufforderung zur Selbstverwirklichung. Und wenn sogar ganze Staatssysteme innerhalb weniger Wochen zusammenbrechen und neu aufgezogen werden konnten, sollte es mir doch möglich sein, meinen Lebensunterhalt mit Kultur zu verdienen, nicht wahr?

Blieben noch zwei Hürden: der Chef und Cindy.

Wie erwartet schaute mein Chef finster, als ich ihm knapp drei Wochen nach meiner Übernahme die Kündigung auf den Tisch legte. »Verräter!«, zischte er und unterschrieb meinen Antrag auf Resturlaub. Der war wegen der neu angelaufenen Probezeit mickrig, was mich aber nicht juckte. Dann drückte er mir noch die Einarbeitung meiner Stellennachfolgerin Frau Fahnke auf, die in einer Woche aus dem Urlaub zurückkehren würde, wünschte mir trotzdem alles Gute und warf mich aus seinem Büro.

Blieb noch Cindy. Ja, ich weiß, ich war ihr keine Rechenschaft schuldig. Außerdem war sie die ganze Woche in der Berufsschule und wollte anschließend für zwei Wochen nach Thüringen. Sie würde erst wieder im Büro auftauchen, wenn ich nicht mehr da war. Es wäre also ein Leichtes gewesen, ihrem emotionalen Zusammenbruch auszuweichen, indem ich mich klammheimlich verdrückte. Aber das brachte ich nicht übers Herz. Wir waren stets die Sonderlinge im Betrieb gewesen, das schweißte zusammen. Sie kam »von drüben« und ich, nun. Die Fahnke hatte es in der Frühstückspause zwischen zwei Bissen mal so formuliert: »Es ist schwierig, Sie der richtigen Seite zuzuordnen, Luca.« Ich wusste natürlich, worauf diese Bemerkung abzielte, dennoch schwieg ich. Das war meine private Angelegenheit. Aber Cindy hatte dazu mal wieder nicht schweigen wollen. In einer flammenden Rede verteidigte sie mich und den Rest der Menschheit gegen das beschränkte Schubladendenken der Fahnke. Nur durch die Stigmatisierung einzelner Gesellschaftsgruppen wäre zum Beispiel die weltweite Verbreitung des HI-Virus erst möglich gemacht worden! – Als die Fahnke sie darauf hinwies, dass sie demnächst ihre Beurteilung über den Abteilungseinsatz zu verfassen hatte, schwieg Cindy dann doch. Die Beurteilungen waren immens wichtig für die Übernahme nach der Ausbildung. Bei der Fahnke hatte Cindy trotzdem einen Nerv getroffen. Entsprechende Anspielungen unterblieben künftig, was mein schlechtes Gewissen gegenüber Cindy verstärkte.

Am Abend rief ich also schweren Herzens Cindy am zentralen Telefon ihres Wohnheims an, um mich mit ihr für den nächsten Tag, einen Donnerstag, zu verabreden. In ihrem Lieblingscafé wollte ich ihr bei Kaffee und Kuchen ganz ruhig darlegen, was sie nach ihrem Urlaub in der Firma erwartete, beziehungsweise wer sie nicht mehr erwartete. In der Öffentlichkeit hatte sie mir bisher ihre peinlichen Ausraster erspart. – Immer wieder ging ich die zurechtgelegten Sätze durch. Ich bin einfach nicht gut im Abschiednehmen. Doch als sie sich endlich im Hörer meldete, war alles wie weggeblasen. Mein Gehirn sprang zur zweiten Sache, die ich mit ihr besprechen wollte: den Besuch in Thüringen. Das sollte meine Vorschusswiedergutmachung sein. Wie setzte mich Cindys geballte Freude fast außer Gefecht. Völlig überfahren stimmte ich zu, gleich am kommenden Wochenende bei ihr aufzutauchen. Bis auf diesen Samstag und Sonntag hatte sie ihren Heimaturlaub bereits verplant mit Besuchen und dem Umzug einer Verwandten von Rohr nach Gräfinau-Angstedt (wo immer das sein mochte). Eigentlich mochte ich es nicht, so spontan zu verreisen. Aber auch hier ließen mich mein schlechtes Gewissen und meine Angst, dass sie bei Widerspruch überreagieren könnte, schweigen. Ich stimmte also zu und legte auf. Nun gut. Dann würde ich sie eben in Thüringen ins Café einladen.

Dachte ich.

An einem immer noch heißen Freitagnachmittag rumpelte ich Mitte August mit dem Zug von Bochum gen Osten. Ich hatte extra eine Fahrkarte für einen späteren Zug gekauft, damit Cindy nicht auf die Idee kam, die Berufsschule zu schwänzen und mit mir zusammen nach Hause zu fahren.

Auf ihre unnachahmliche Art hätte sie schon im Zug aus mir herausgekitzelt, dass ich die Firma verlassen würde, eine unaussprechlich anstrengende Vorstellung.

Je weiter der Zug in den Osten vordrang, desto trostloser erschien mir die Gegend. Jahrzehnte des Verfalls hatten die Städte geprägt, durch die ich fuhr. Die meisten heruntergekommenen Bahnhöfe schienen nicht größer zu sein als Bushaltestellen. Mit einem einzigen Blick auf die Häuser glaubte ich zu begreifen, warum es den DDR-Bürgern mit dem Sozialismus gereicht hatte. Aus dieser Erkenntnis entwickelte ich nach und nach ein ungesundes Überlegenheitsgefühl, das mir heute, 30 Jahre später, immer noch peinlich ist. Immerhin hatte ich genug Grips, mit einem älteren Herrn, der kurz hinter der ehemaligen Grenze zustieg und sich als linientreuer Parteiaktivist outete, nicht über Politik zu diskutieren. Ich hätte auf seine Argumentation nichts zu erwidern gewusst, außer dass ich Sozialismus, Kommunismus und überhaupt alle Ostblock-Ismen bescheuert fand, Schule sei dank. Deshalb heuchelte ich Interesse an seinem Monolog über die gute alte Zeit. Er wusste es halt nicht besser, genau wie ich. Vielleicht bereitet es dem Lesenden Genugtuung, wenn ich verrate, dass eine höhere Macht mein reichlich arrogantes Desinteresse an allem, was die Bürger der Ex-DDR betraf, ziemlich daneben fand.

Schließlich stolperte ich mit meinem Rucksack auf den Bahnsteig einer ehemaligen südthüringischen Kreisstadt. Cindy war nirgends zu sehen. Sie hätte eigentlich hier auf mich warten sollen. Dabei hatte sie am Telefon ein riesiges Getue darum gemacht, dass sie mich unbedingt abholen wollte. Und jetzt war sie nicht da.

Sollte ich mich an eine von Cindys blumigen Schilderungen über die Kreisstadt halten, in der jeder jeden kannte »wie auf dem Dorf«? Demnach brauchte ich nur einen Bus- oder Taxifahrer zu fragen, wo Cindy wohnte und im Handumdrehen würde er mich zu ihr bringen. Aber erstens gab es vor dem Bahnhof weder Taxistand noch Bushaltestelle. Und zweitens war meine Kollegin bestimmt nicht die einzige Cindy, die hier lebte. Ich hätte sie beim Telefonat nach ihrer Adresse fragen sollen. Aber die konnte ich bestimmt im nächsten Postamt nachschlagen. Und wo befand sich das nächste Postamt? – Ich sah mich bereits die nicht sehr vertrauenerweckende Unterführung am Bahnhof Richtung Stadtzentrum hinuntergehen.

Just in diesem Moment spurtete Cindy fröhlich winkend aus der Unterführung. »Luca! Hier bin ich!«, rief sie so laut, dass auch ein paar Jugendliche, die sich vor einem Nebeneingang des Bahnhofs herumdrückten, auf uns aufmerksam wurden. Stark gekürztes Haupthaar, Hosenträger und Springerstiefel bestätigten auf ungute Weise, was ich bisher über den Osten gehört hatte. Doch Cindys plötzliches Auftauchen löschte mein Unbehagen aus und schuf Raum für einen Flashback: Cindy wurde zur Unbekannten in den Abendnachrichten, die sich mit anderen Figuren an einem Schlagbaum vorbei auf die Westseite der Stadt drängte. Was natürlich eine Überlagerung verschiedener Erinnerungen aus dem Fernsehen und an Begebenheiten mit der echten Cindy darstellte.

»Da staunste, was?«, sagte sie, sehr zufrieden mit meiner Reaktion. »Nur für dich habe ich noch mal meine DDR-Kollektion rausgekramt. Ich hätte das Zeug längst weggeworfen, aber meine Mutter hatte es im Keller aufgehoben und da konnte ich nicht widerstehen und tadaaa! So sind wir damals rumgelaufen!«

Vorsichtig musterte ich ihre stonewashed Jeansweste, das weiße T-Shirt, dessen Ärmel sie über die muskulösen Schultern hinaufgerollt hatte und die längs gestreifte Stretch-Jeans. Ihre unförmigen Joggingschuhe, die bei uns vielleicht Anfang der 1980er der letzte Schrei gewesen waren, rundeten ihre Reminiszenz an den vermeintlich schöneren Westen ab. Die Schweißperlen auf ihrer Stirn verrieten jedoch, das diese Aufmachung für den heißen Augusttag ungeeignet war.

Bizarr fiel das Happening auf ihrem Kopf aus. »Hatte dein Friseur einen schlechten Tag?«, witzelte ich schwach.

Neckisch zupfte sie an ihrer Final-Countdown-Europe-Wuschelmähne. »Wieso?«

»Ich fand deine Haare auch ohne Dauerwelle hübsch.«

»Das ist meine Urlaubsfrise.« Cindy hakte sich bei mir unter und kurbelte damit meine Schweißproduktion an. »Da spare ich mir das Glattföhnen am Morgen.« Sie dirigierte mich weg von der Unterführung.

»Wie? Du siehst immer so aus?«, entfuhr es mir entgeistert.

»Gefällt's dir nicht?«, fragte sie gekränkt.

Upsi. Das war kein guter Auftakt für ein gemeinsames Wochenende.

»Was heißt hier gefallen?«, versuchte ich, mich herauszureden. »Du siehst so aus, wie du es möchtest. Schließlich sollst du in erster Linie dir gefallen.«

Das ließ sie kurz den nächsten Schritt verzögern, bevor sie mich entschieden weiterzog. »Ist der Rucksack dein ganzes Gepäck?« Diesmal schaute sie mich nicht an. Ich sie aber auch nicht, denn zum beleidigten Unterton gesellte sich Verletztheit. Verständlich, aber auch ärgerlich, weil ich nicht wusste, wie ich das wieder gutmachen sollte. Und zwar, bevor ich mit meinen Zukunftsplänen herausrückte.

Mit der freien Hand deutete ich auf meinen Rücken. »Da passt alles rein, was ich brauche.«

»Gut. Leg mal 'nen Schritt zu, damit wir den nächsten Bus erwischen.« Der hochgerollte Ärmel ihres T-Shirts rutschte etwas hinunter und verdeckte die Sommersprossen auf ihren Schultern. Die fielen mir zum ersten Mal auf. Und noch etwas wurde aufgrund der ungewohnten Nähe deutlich: In Cindys linkem Augenwinkel glänzten verstohlene Fältchen, als wäre sie nicht Anfang, sondern bereits Mitte zwanzig.

»Steht dir übrigens gut, so ohne Schminke«, sagte ich versöhnlich. Sie schnaubte bloß.

Wir überquerten die Straße zum Busbahnhof. »Ich bin erst vor einer Stunde zu Hause angekommen«, fuhr sie fort, »da war noch keine Zeit zum richtigen Aufbrezeln. Ich find's ehrlich gesagt urst peinlich, dich in diesem Klamotten abzuholen. Aber meine Haare föhne ich mir im Urlaub wirklich nie glatt. Und in der Berufsschule schon gar nicht. Sonst haben die Besserwessis in der Reihe hinter mir noch freie Sicht auf die Tafel!« Endlich schmunzelte sie wieder. Und ich schmunzelte trotz des Besserwessis mit. Vorsichtshalber.

Gedankenverloren stolperte ich neben ihr her über das Kopfsteinpflaster, das in den Rissen des Straßenbanketts wieder sichtbar geworden war. Hinter dem Busbahnhof ging es eine Böschung hinunter in den nächsten Stadtteil Neundorf. Zwischen den ausladenden Kronen der Laubbäume versammelten sich lauter putzige Fachwerkhäuschen, teilweise mit neuen blauen Schindeln gedeckt, neben denen die zahlreichen eingestürzten Dachstühle ungenutzter Gebäude ziemlich trostlos wirkten. Vor meinem inneren Auge tauchte eine Fernsehdokumentation über komplett verfallene Stadtteile in den fünf neuen Ländern auf, in die ich nachts mal hineingezappt hatte.

Ich rang mir ein »Schön hier« ab.

»Warte mal, bis wir auf dem Ziegenberg sind. Dort hast du einen gigantischen Blick über den Rennsteig«, schwärmte Cindy. »Das war und ist hier im Osten das Beste: die Aussicht!«

Etwas später erklomm ich zum ersten Mal in meinem Leben die steilen Stufen eines Ikarusbusses. Im Inneren stank es nach Schweiß, Diesel und alten braunen Plastikledersitzen. Die Lehnen waren exakt im 90-Grad-Winkel an die Sitzflächen geschraubt, der Abstand zum Vordermann betrug gefühlte 30 Zentimeter. Ich musste sehr gerade sitzen und brachte meine langen Beine kaum unter. Meinen Rucksack nahm ich auf den Schoß, um ihn nicht auf das abgenutzte, graubraune Linoleum stellen zu müssen. Das Innere des Busses gab einen hervorragenden Resonanzraum für den röhrenden Motor ab, eine Unterhaltung mit Cindy war unmöglich. Dass sie sich trotzdem angeregt mit einem Pärchen austauschte, das nach uns einstieg, führte ich auf die jahrelange Übung zurück. Die beiden schwitzten auch nicht so stark wie ich.

Cindys Gesten entnahm ich, dass sie mich zwischendurch vorstellte. Ich nickte und lächelte schwach und fragte mich, ob mein Vokuhila früher auch so scheiße ausgesehen hatte wie an dem dürren Typ mit dem noch dürreren Schnurrbart. Oder ob sich im Westen jemand mit einem kurzen blondierten Bob und Dauerwelle auf die Straße trauen würde wie die

Frau, die im Stadtzentrum zustieg. Und erst ihr hochtoupierter Pony! Meine Güte. Und alle trugen Jeanshosen und T-Shirts mit schrillen Neon-Grafiken. Zwei Bubis, die es sich anscheinend leisten konnten, führten ihre Nikes Air spazieren, die man aufpumpen konnte und die einen echt fetten Fuß machten. – So gab ich mich meinen stummen Lästereien über die bizarre neue Ost-Kultur hin. Und das Schicksal schrieb eifrig mit, bis das Maß voll war, es sein Notizbuch zuklappte und beschloss: Ab jetzt wird gemaßregelt.

Nach einer schier endlosen Kurve, die sich einen noch endloseren Berg hinaufzog – »Das ist der Große Beerberg! Und übrigens, wir müssen noch einkaufen!«, brüllte Cindy mir ins Ohr–, stiegen wir am sogenannten Konsum aus. Das anachronistische, heruntergekommene Gebäude wurde vom aufdringlich rot-gelben Schild der Handelskette (mit Hauptsitz im Westen) überstrahlt. Es nahm das komplette Gesichtsfeld ein, sodass man wie ferngesteuert darauf zulaufen musste. Willenlos ließ ich mich mit Cindy quasi in den Eingang hineinsaugen. War das bei uns im Westen auch so? – Drinnen empfing mich die gewohnte, neonfarbige Sterilität inklusive Easy-Listening-Gedudel und angenehm heruntergekühlter Luft: Die Fiftys und Sixtys feierten ihr musikalisches Revival zwischen Bananen und Blumenkohl. Und hätten nicht Tomaten, Gurken, Zitronen und Äpfel in den Auslagen auf die Käufer gewartet, hätte ich mich suchend nach einem Blumenkind in gebatikten Regenbogenklamotten umgeschaut, das die Crack-Pfeife mit seinen Brüdern und Schwestern teilte.

Obwohl hier alles auf Westen gestylt war, hielt sich das Gefühl hartnäckig, in der DDR einzukaufen. Sie schien wie Patina auf Küchenschränken an allem zu kleben. Flower-Power und Fahrstuhlmusik zum Trotz zeigte sich Cindy besorgt, dass morgen alles wieder vorbei sein konnte. Sie wog die Dosen mit den Ananasscheiben einen Augenblick länger in der Hand, als sie es in Bochum tat, bevor sie sie in den Einkaufswagen legte. Das Gemüse befühlte sie sorgfältiger, atmete den Geruch tiefer ein, biss sich sogar auf die Lippen, als rechnete sie nach, ob das Geld reichte. Der Einkauf, den sie in Bochum in zehn Minuten absolvierte, dauerte hier mindestens doppelt so lang. Warum? Weil hier alles ein paar Pfennige mehr kostete als »drüben«.

Und dann passierte es. Mal wieder.

»Junger Mann, wo stehn denn hier die Bohn'? Wissen Sie des? Seit die den Konsum umgeräumt ham, find' man ja nüscht mehr.«

Die alte Frau im Haushaltskittel kam näher, als es mir behagte. Ihre Haare hingen ihr in Strähnen vom Kopf, sie schwitzte stark.

»Sorry, nein, leider nicht«, antwortete ich abwehrend.

Die Alte machte große Augen. »Sorry? Sacht man das jetze so? Müsst ihr jungen Leute wirklich so redn wie die Wessis?«

»Hallo, Emilia«, mischte Cindy sich ein. »Das ist mein Bekannter aus Bochum. Er bleibt übers Wochenende.«

»So?« Emilia legte den Kopf in den Nacken und musterte mich kritisch. »Gebürtich aus Bochum?«

Zaghaft nickte ich.

»Komisch. Du siehs' aus wie eener von uns.«

Nach einem peinlichen Moment erklärte Cindy ihr, wo die Bohnen standen. »Die wohnt bei uns im Haus«, sagte sie, als die Alte weg war. »Sie ist ein bisschen vergesslich.«

Ich machte mir eine gedankliche Notiz, dass ich mit Cindy neben meinem Jobwechsel noch eine weitere Sache besprechen musste, und zwar dringend. Das war ich ihr nach der langen gemeinsamen Zeit einfach schuldig.

Wir teilten uns die Kosten für den Einkauf und schleppten drei Dederonbeutel in Cindys Zweieinhalbraumwohnung im vierten Stock. Bis vor ein paar Monaten hatten hier noch ihre Eltern gewohnt. Beiläufig hatte Cindy mal erwähnt, dass sie kurz vor Beginn ihrer Ausbildung »in ihre letzte Ruhestätte umgezogen waren«. Dort besuchte Cindy sie an jedem ihrer Heimatwochenenden, spätestens alle vier Wochen. Hoffentlich forderte sie mich nicht auf, sie ans Grab ihrer Eltern zu begleiten.

Oben riss Cindy als Erstes die Balkontür auf. Die Hitze von draußen vermischte sich mit der staubigen, abgestandenen Wärme im Wohnzimmer. Dann wuchtete sie in der Küche die drei Beutel auf das zerkratzte Furnier der Arbeitsplatte und begann, die Lebensmittel auszuräumen.

Ein wenig verloren stand ich mit meinem halb leeren Rucksack im schmalen Flur auf dem neuen Fetzenteppich. So sah es also in einer Plattenbauwohnung aus: quadratisch, praktisch, verkratzt. Das abgeschabte, blau-grün-grau melierte Linoleum roch, wie ich mir die DDR vorstellte, süßlich und ein bisschen nach gammeligem Plastik. Das Muster der Tapete (späte 1970er, senkrechte Wandlage, gut abgehangen, angegilbt, mit einen sanften Nikotin-Note) erinnerte mich an meine Tante Sibylle, die ich nur ein einziges Mal in meinem Leben besucht hatte.

»Was steht denn heute Abend noch auf dem Programm? Außer kochen und abwaschen, meine ich«, fragte ich, um mir nicht so überflüssig vorzukommen.

Cindy kam in den Flur, schob mich zur Seite und sperrte den Wandschrank hinter mir auf. Darin hortete sie auf der Regalseite alles Essbare in Dosen, eine sperrige Brotschneidemaschine, mehrere Stapel Plastikgeschirr und weitere prall gefüllte Dederonbeutel. Rechts hingen Jacken und Mäntel aus mehreren Bekleidungsepochen in verschiedenen Ausführungen.

»Mir persönlich reicht es bei der Wärme, wenn nach dem Essen die Küche einigermaßen aufgeräumt ist. Außer du willst unbedingt die hiesige Kneipenszene unsicher machen, dann machen wir noch einen Abstecher ins Wohngebiet.« Stirnrunzelnd schob sie die Dosen mit den gezuckerten Pfirsichen herum und quetschte die Ananasdose dazwischen. Links drückte sich eine Dose mit Corned Beef heraus. Ich griff danach, bevor sie herunterfiel.

»Ich muss mich nicht betrinken, um einen schönen Abend zu haben«, sagte ich und reichte ihr die Dose. Dabei berührten sich unsere Hände.

»Danke.« Cindy schenkte mir das hintergründige Lächeln, das mir jedes Mal Schauer über den Rücken jagte. Ich ignorierte diese unmissverständliche Aufforderung zum Kuss. So schlecht war mein Gewissen ihr gegenüber dann doch nicht, dass ich diese innere Grenze überschritt.

Sie unterbrach unser andachtsvolles, aber fruchtloses Starren schließlich mit einem Seufzen und stellte die Dose wieder in den Schrank. »Du wirst auf der Couch schlafen. Das Bettzeug liegt schon bereit.«

Ich folgte ihr ins Wohnzimmer. Das Über-Eck-Sofa war sicher nicht billig gewesen. Die Polster wirkten so glatt und neu wie am ersten Tag nach dem Kauf, nur die Farbe erinnerte wieder an die frühen 1990er. Die Polsterung der Eckbank mit Esstisch war dagegen zerschlissen und teilweise durchgesessen. Hier existierte noch die strenge Aufteilung nach Nutz- und Luxusmöbeln.

Über der Lehne der Eckbank hing fertig bezogene Blumenbettwäsche. Cindy drückte mir das dauningste aller Daunenkissen in die Arme. »Da, fühl mal. Ist das nicht plusterig?« Sie freute sich über mein zögerndes Nicken. »Das ist unser Gästekissen. Du bist der Erste seit, lass mich überlegen, dem dritten Februar 1990, der sein Haupt darauf betten wird.«

»Aha«, sagte ich.

»Von der Nacht vom dritten auf den vierten Februar hat meine Tante Anna darauf geschlafen. Am Morgen nach der Beerdigung meines Vaters ist sie wieder weggefahren. Seitdem hatte ich keine Gäste mehr.« Ihre Augen wurden glasig, als wollte sie weinen, doch dann lächelte sie tapfer. Ich fragte mich, ob ich ihr freundschaftlich die Hand auf die Schulter legen konnte, ohne dass ich ihre unguten Gelüste in Bezug auf mich befeuerte.

Nachbarn

Zum Glück wurde mir die Entscheidung von der Klingel abgenommen. Cindys Blick klarte wieder auf. Sie öffnete die Wohnungstür, begrüßte jemanden fröhlich und bat darum, einzutreten. Um Himmels willen, jetzt wurden auch noch meine sozialen Fähigkeiten getestet! Aber das war immer noch besser, als den ganzen Abend ihre unterschwellige Zudringlichkeit abzuwehren.

»Hallo, ich bin der Detlef«, sagte der untersetzte Mann, der zögernd in den Flur kam. Ich überragte ihn um mindestens anderthalb Köpfe. Von hier oben hatte ich einen guten Blick auf seine glänzende Halbglatze und die strähnigen, graublonden Haare, die er quer darüber geklebt hatte. Sein Händedruck war schwitzig und schlaff. »Und das ist die Ursula, meine Gefährtin.« Mit dem Daumen deutete er hinter sich auf die zweite Person, die hereingekommen war.

»Ich kann mich selbst vorstellen«, bemerkte sie spitz. »Hallo, ich bin die Ursula.« Wesentlich zackiger als Detlef schüttelte sie meine Hand. Auch ihre Handinnenfläche war sehr warm, aber härter und rauer als Detlefs. Das, was ihm an Haupthaar und Farbe fehlte, glich sie mit einem dunkelbraunen, lockigen Bob aus. Zu schwitzen schien sie nicht, obwohl sie eine lange Hose und eine khakifarbene Bluse aus dickem Stoff trug. »Dann bist du also Cindys Arbeitskollege aus Bochum, ja?« Sie reichte mir bis zum Kinn, aber ihr resolutes Auftreten machte sie größer, nein: präsenter. Sie kam herein und beherrschte den Raum.

»So isses«, meinte ich, um Lässigkeit bemüht.

Zufrieden nickte sie. »Schön, endlich jemanden aus dem sozialistisch organisierten Westen kennenzulernen.«

Befremdet warf ich Cindy einen Blick zu. Die zuckte mit den Schultern. »Ich habe ihr gesagt, dass wir in einem Betrieb arbeiten, der früher den Bergbau beliefert hat.«

»Und die Montanarbeitsstätten waren und sind so was von sozialistisch, dass das alte Regime seine Freude dran hätte«, ergänzte Ursula trocken. Dann brach sie in wieherndes Gelächter aus. »Mensch, das war'n Witz!«

Etwas gekünstelt lachten Detlef und Cindy mit.

»Habt ihr schon zu Abend gegessen?«, fragte Cindy eifrig. »Wir haben ein paar gute Sachen aus dem Konsum mitgebracht. Es ist genug für alle da.«

Detlefs Augen begannen zu leuchten. »Auch die gute Teewurst?«

»Logo«, bestätigte Cindy. »Los, alle Tisch decken helfen!« Auffordernd schob sie mich ins Wohnzimmer. »Wir müssen sowieso noch was besprechen.«

»Ich weiß nicht, ob—«, begann Ursula.

»Das können wir doch auch beim Essen, oder?« Aus Detlefs Frage glaubte ich einen sehr großen, nagenden Hunger herauszuhören. Sofort tat er mir leid.

»Besprecht euch ruhig, ich kann ja schon mal mit dem Tischdecken anfangen«, bot ich an.

Hinter mir kratzte etwas über Holz. Cindys kräftige Unterarme reichten mir einen Stapel Teller durch die geöffneten Glasscheiben der Durchreiche. »Nimm mir die mal ab.« Auf dem gleichen Weg kam alles, was für das gemeinsame Abendessen gedacht war, in ihrem Wohnzimmer auf den gefliesten Fernsehtisch. So eine Durchreiche – eine Pressplattenwand mit Schiebetürchen aus Riffelglas, darüber ein mit Glasböden ausgelegter Regalkasten – war praktisch. Die fensterlose Küche bekam genug Licht ab und eine Betonwand hatte man sich mit diesem praktischen Raumteiler auch gespart. Und beim Tischdecken brauchte man nicht ständig zwischen zwei Räumen hin- und herzulaufen, sondern konnte sich alles bequem anreichen lassen.

Nach einer kurzen Besprechung in der Küche hatte Ursula den Fliesentisch ausgezogen, dann eine Tischdecke aus einem Fach der Schrankwand, echt VEB, genommen und über den Fliesentisch gebreitet. Auf Cindys Bitte, heute das gute Besteck aufzulegen, griff sie zielsicher in eine der unteren Schubladen der Schrankwand, zog von irgendwo Stoffservietten heraus und – die Krönung! – zauberte sogar einen Satz Serviettenringe hervor. »Mach doch nicht so 'nen Aufwand«, versuchte Detlef, sie auszubremsen. Ursula ignorierte ihn. Er hätte genauso gut schweigen können. »Wie sieht's aus mit Sekt, soll ich die Kristallflöten holen?«, fragte sie.

»Wir haben keinen gekauft«, rief Cindy aus der Küche. Sie hantierte mit einem Schleifeisen und einem großen Brotmesser herum. »Der wäre unterwegs bloß warm geworden und explodiert oder so.«

»Ist dein Kühlschrank etwa wieder hinne?«, fragte Ursula verwundert.

»Neee, aber—«

»Hast du Spreewaldgurken?«, unterbrach Detlef sie.

Spreewaldgurken? War der VEB Obst, Gemüse und Speisekartoffeln nicht in einem anderen Unternehmen aufgegangen?

»Logisch!« In Bochum sagte Cindy nie »logisch«. Vielleicht lag es an der Umgebung. Vielleicht gehörte dies aber auch zu ihrer Taktik, mich von einer anderen Sache abzulenken. Eine, die meinem ersten Besuch in der ehemaligen Kreisstadt einzigartig werden ließ. Und zwar in jeder Hinsicht.

Ein Gurkenglas mit Spreewaldgurkenaufkleber wurde zum gedeckten Tisch durchgereicht. Der bog sich schier unter den ganzen Gläsern, Tuben und Aufschnitttellern. Die beiden Baguettes, die wir unbedingt noch hatten kaufen müssen, und das frisch geschärfte Brotmesser kamen auf das ebenfalls gefliese Beistelltischchen, dem auch der typische DDR-Geruch entströmte.

Zufrieden rieb Detlef sich die Hände. »'n guten!«

Jedem von uns legte er ein halbes Baguette auf den Teller. Dann halbierte er seine Hälfte wie ein großes Brötchen und belegte es dick mit allem, was an Essbarem auf dem Tisch stand.

Kaum merklich schüttelte Ursula den Kopf und säbelte mit dem Brotmesser von ihrer Baguettehälfte papierdünne Scheiben ab, auf die sie einen Hauch Butter kratzte. In der unterschiedlichen Aufbereitung der Brote drückte sich das Wesen ihrer Beziehung aus: Detlef war der zupackende Grobmotoriker, während Ursula quasi nur mit Pinzettengriff arbeitete. Er klatschte zwei Scheiben Schinken auf die Unterseite, sie zerteilte eine Scheibe in exakte Viertel und drapierte sie sorgfältig auf ihren vier Baguettescheibchen. Detlef garnierte sein Baguette großzügig mit einer zusammengelegten Scheibe Schnittkäse, Salatgurke und Tomate. Er patschte einen Klecks Mayonnaise auf die Gurkenscheiben und drückte die obere Baguettehälfte darauf. Hernach schlug er seine Zähne hinein und riss große Stücke davon ab, die er mit sichtlichem Vergnügen kaute. Dazu trank er großzügige Schlucke Cola.

Ursula schaute ihm mit starrem Gesicht zu. »Ich hol noch eine Flasche Wein«, sagte sie nach einer Weile und schob den Sessel zurück.

»Wein? Welchen?«, fragte Cindy mit vollem Mund.

»Rosenthaler Kadarka. Letzte bulgarische Ostblocklese«, meinte Ursula geheimnisvoll. »Es sind noch ein paar Flaschen aufgetaucht.«

Wo denn, wollte ich fragen, Ich fand es ungewöhnlich, dass es zwei Jahre nach dem Zusammenbruch noch Restbestände an DDR-Weinen und Spreewaldgurken gab. Doch Cindys Freude über den unverhofften guten Tropfen war mal wieder so überbordend, dass sich keine Gelegenheit fand, nachzuhaken. Na ja, dann fragte ich sie eben später.

Beim Hinausgehen ließ Ursula die Wohnungstür offen. Neben Cindys und Detlefs schlagartig auflebender Unterhaltung hörte ich sie die Stufen hinuntergehen und eine Etage tiefer eine Tür aufsperren. Kurz darauf sperrte sie wieder ab und kam zügig zurück. Die Pausen zwischen den Schritten erschienen exakt gleich lang. Das wirkte so korrekt, wie antrainiert. Ob sie was mit den staatlichen Apparatschiks zu tun gehabt hatte? Die waren doch auch gern stramm herummarschiert und hatten die Bürger mit ihrer Richtlinienliebe drangsaliert.

Ihre Flasche Rosenthaler Kadarka rief bei Cindy einen noch lauteren Begeisterungssturm hervor. Ursula entkorkte die Flasche und schenkte jedem ein bauchiges Rotweinglas ein. Auch ich bekam eins, obwohl ich mehrfach betonte, dass ich keinen Alkohol mochte. Im Ignorieren meiner Einwände stand Ursula Cindy in nichts nach.

Schließlich probierte ich den Wein doch. Ich wollte ja kein Spielverderber sein. Dummerweise schmeckte er mir und es blieb nicht bei einen Glas. Vorsichtshalber redete ich mir ein, dass mir der Alkohol nichts anhaben konnte, solang ich nur genug aß. Doch der Platz in meinem Magen war endlich, und ziemlich rasch wurde das aufrechte Sitzen auf der Couch zur Herausforderung. »Durch meine Adern fließt der Alkohol bereits wie ein reißender Strom«, wehrte ich Ursula mit verwaschenen Worten ab, die mir schon wieder nachschenken wollte.

»Vom Eise befreit sind Blut und Herzen«, fiel Detlef begeistert ein, »durch des Weines holde, belebende Essenz! In den Köpfen grünet Hoffnungsglück.« Sein durchdringender Blick heftete sich auf Ursula. »Die alte Drangsal, in ihrer Schwäche, zieht sich in die Finsternis zurück.«

»Ausgerechnet!«, beschwerte Ursula sich prompt. »Du weißt doch, dass ich Goethe nicht leiden kann.«

»Goethe? Wo?«, fragte ich mit schwerer Zunge.

Cindy griff nach meinem Glas und leerte den Rest in einem Zug. »Das waren die ersten Zeilen des Osterspaziergangs, frei interpretiert von Detlef. So was weiß man doch. Habt ihr den Faust nicht in der Schule gelesen?«

»Natürlich! Aber so was bleibt einem normalen Menschen doch nicht im Kopf.« Plötzlich entkam mir ein Kichern. In mir regte sich das dringende Bedürfnis, dem viel beschworenen Besserwessi mehr Raum zu geben. Warum? Der Wein hatte meine Zurückhaltung ins Wanken gebracht. Aber das hatten sie nun von ihrem konsequenten Übergehen meiner Bedürfnisse. »Ausgeprägtes Literaturverständnis ist bei uns im Westen in der Schule nicht gefragt. Es bringt einen nicht so weit wie Mathe und Wirtschaftskunde. Das sieht man vor allem im Vergleich der verschiedenen Wirtschaftssysteme von Demokratie und Sozialismus.«

Drei glühende Augenpaare drohten mich zu durchbohren. Schlagartig verwandelte sich die stickige Augustluft in Gallert, die lockernde Wirkung des Weins verpuffte.

Meine Güte, war ich bescheuert. Warum hatte ich das bloß gesagt?

»Ich wusste das jetzt auch nur, weil meine Oma wollte, dass ich den Osterspaziergang auswendig kann«, kam Detlef mir nach einer Schrecksekunde zu Hilfe. Doch natürlich war die Stimmung hinüber.

Langsam schüttete Ursula die Neige des Weins in ihr Glas. »Na ja, stimmt schon«, meinte sie langsam. »Ihr Wessis seid uns in wirtschaftlichen Dingen gegenüber im Vorteil. Dafür müssen wir uns mit unserem überflüssigen Literaturverständnis das Leben nicht ständig schönsaufen, weil sich uns der Sinn des Lebens auch abseits der Wirtschaft und des Alkohols offenbart. Prost.«

Es folgten sehr lange, stille Sekunden, in denen unter mir die Couch metaphorisch in Flammen aufging. So hatte ich mir das nicht vorgestellt, als ich den Besserwessi rausgelassen hatte. Das sollte ich nicht so stehenlassen. Hoffentlich warf Cindy mich deswegen nicht raus!

»Ich hole noch eine Flasche.« Erneut verschwand Ursula mit exakten Pausen zwischen ihren Schritten. Detlef und Cindy gingen hinüber in die Küche, um die abgegessenen Teller aufzufüllen. Ich musste sitzen bleiben, weil ich den beiden zu unsicher auf den Beinen war und Cindy um ihr Geschirr fürchtete. Aber ich hätte auch so verstanden, dass die beiden gerade nicht mit mir in einem Raum sein wollten. Durch die Durchreiche hörte ich sie leise miteinander sprechen. Was sie sagten, verstand ich nicht, weil sie sich, na ja, auf Osteuropäisch unterhielten. (Heute weiß ich, dass sie Russisch sprachen.) Ein recht deutliches Statement. Aber wie konnte man nur so empfindlich sein! Jeder machte mal Fehler, oder?

Beleidigt ging ich ins Bad und sortierte mich innerlich. Als ich zurückkam, standen die beiden immer noch in der Küche und redeten. Unentschlossen stakste ich ins Wohnzimmer zurück. Auf der Schrankwand hatte Cindy eine Art Schrein aus kleinen Aufstellrahmen aufgebaut. Die Fotos schienen bei diversen Familienfesten entstanden zu sein. Die Feiernden lachten und prosteten den Fotografen mit Getränken zu. Den geröteten, teils etwas verzerrten Gesichtern nach handelte es sich wohl um Alkohol. So viel zum Thema Schönsaufen im gepriesenen, real existierenden Sozialismus! Aber das sagte ich lieber nicht laut.

Einzelne Fotos hatte Cindy vorne in die Rahmen geklemmt. Ich nahm eins heraus, drehte es um und las: »Cindys Jugendweihe 1980 mit Mama, Papa und Semjon.«

Jugendweihe mit den glücklichen Eltern, da war Cindy 14 gewesen. Ich hielt mir das Bild ganz dicht vor die Augen. Von der Mutter hatte sie die Lockenpracht, vom Vater das entwaffnende, breite Lächeln. Schön sah sie aus mit ihren strahlenden Augen und dem selbstsicheren Lachen. Sie war bereit für die Zukunft! Wovon sie damals wohl geträumt hatte? Und ob sie sich jemals hätte träumen lassen, dass sie mit – ich rechnete nach – 25 Jahren noch mal eine Ausbildung würde machen müssen? Weil ihr Teilberuf »Bürohilfe« von der BRD nicht anerkannt worden war, angeblich wegen unterschiedlicher Standards? Natürlich hätte Cindy auch ohne anerkannte Ausbildung in der BRD Arbeit gefunden. Aber als »Ungelernte durch Wiedervereinigung« verdiente sie so wenig, dass sie freiwillig eine neue Ausbildung angetreten hatte. Nächstes Jahr würde sie erneut eine Prüfung ablegen, die sie in einem anderen Staat und einem anderen Leben bereits erfolgreich absolviert hatte.

Absurd.

Der Gedanke wirkte ziemlich ernüchternd auf mein angeknacktes Ego. Ich sollte mich echt entschuldigen.

Ursula kam zurück und dekantierte die neue Weinflasche, schenkte mir aber nichts mehr ein. »Du hast genug gehabt«, verkündete sie streng. »Cindy, Detlef, raus aus der Küche, rein in die gute Stube!«

»Her mit dem Wein!«, rief Detlef geradezu erleichtert. Wie der Blitz kehrte er zurück und warf sich in Ursulas Sessel. Die wich pikiert auf die Couch aus, sorgfältig den Platz neben mir frei lassend. Cindy stand mit verschränkten Armen im Türrahmen zum Flur.

Detlef hob sein Glas. »Prost. Erst der Spaß, dann das Vergnügen.« Er nahm zwei, drei schnelle Schlucke und schmatzte nachdenklich. »Den sollten wir schnell trinken. Scheint ein bisschen Weinstein angesetzt zu haben.«

Schweigend nickten Ursula und Cindy an ihren Weingläsern. Keiner der drei hatte bisher wieder Blickkontakt mit mir aufgenommen. Unangenehm war gar kein Ausdruck dafür.

»Es tut mir leid«, platzte ich heraus. »Ehrlich. Ich wollte dich eigentlich nicht unterbrechen, aber ich will das vom Tisch haben. Das mit der Demokra- den Staatssystemen.« Noch einmal drohte die Luft zu Gallert zu werden. »Ich hab das nicht so gemeint, was nichts besagt, weil ich euch vor den Kopf gestoßen habe. Das wollte ich definitiv nicht! Aber ich hab's nun mal getan und – ach, Mist.« Ich brauchte zwei schwere Atemzüge, um fortfahren zu können, so mies fühlte ich mich. Ursulas abwesendes An-mir-Vorbeistarren machte es nicht besser. »Bitte verzeiht mir meine Blödheit. Ich werde künftig dreimal nachdenken, bevor ich den Mund zu dem Thema aufmache. Versprochen. Indianerehrenwort.« In komischer Verzweiflung hob ich die linke Hand zum Schwur.

Entgeisterung und Verwirrung flogen über die Gesichter der anderen.

»Indianerehrenwort?«, fragte Ursula spöttisch. »Indianer wie Gojko Mitic?«

»Ich finde, wir sollten«, hektisch zog Detlef an seiner Zigarette und musterte mich eingehend, »Lucas Entschuldigung annehmen.« Die Pause ließ seinen Satz holpern, als hätte er erst überlegen müssen, wie er mich erwähnen soll. Aus Erfahrung wusste ich, welchen Teil seiner Aussage die Unklarheit betraf, und schwieg. Solang er nicht in Worte fasste, was ihn irritierte, war eine Aufklärung unnötig.

»Na gut.« Ursula nahm eine Zigarette aus der Schachtel, die sie vorhin auf den Tisch geworfen hatte, und ging damit auf den Balkon.

»Ich wusste gar nicht, dass ihr wieder die Orients habt«, sagte Cindy mit Blick auf die Zigarettenschachtel. »Darf ich auch eine?«

»Nimm dir«, meinte Detlef großzügig.

Cindy griff zu und folgte Ursula nach draußen. Alsbald glühten in der Dunkelheit vor dem Fenster zwei Punkte in regelmäßigen Abständen auf.

»Du rauchst nicht, Luca, oder?« Detlef lächelte seltsam.

»Nein. Zu teuer, zu ungesund.« Ich schielte nach dem Wein. »Und trinken tu ich eigentlich auch nicht. Hast ja mitbekommen, dass mir das nicht bekommt. Es löst die Zunge zu sehr.«

»Wohl wahr.« Nachdenklich schaute Detlef hinaus zu den beiden Frauen. Durch die geöffnete Balkontür kam die kühler werdende Nachtluft. Es musste auf die zehn Uhr zugehen, denn die Dämmerung war schon weit fortgeschritten. Auf der anderen Straßenseite leuchteten die Fensterquadrate. Hinter den Gardinen deuteten Schemen an, dass dort auch Menschen lebten. Menschen, denen ich mit meiner momentanen Einstellung wahrscheinlich ein Dorn im Auge war, wenn ich nicht wenigstens die groben Wissenslücken füllte. Am besten fing ich mit den kleinen Dingen an.

Ich deutete auf die Zigaretten. »Zeig mal.«

Bereitwillig schob Detlef das Päckchen Orient herüber und legte seine zerknautschte Packung Karo daneben. Eingehend betrachtete ich die auf orientalisch getrimmte Schachtel mit den drei Beduinen. Links und rechts der Grafik hatte man einen Stern über einen gefallenen Halbmond gesetzt, das alles für EVP 2,40 M, nicht etwa DM wie D-Mark. Die Karo-Verpackung war, passend zum Namen, schwarz-weiß kariert und bereits für schlappe EVP 1,60 M erhältlich. Was für Preise! Eine Packung Zigaretten kostete im Westen damals einen Heiermann, was einem 5-DM-Stück entsprach.

Ich deutete auf das M. »Das sind doch Ost-Mark, oder?«

Detlef nickte langsam, ohne mich aus den Augen zu lassen.

»Ulkig. Die Zigaretten werden doch nicht mehr verkauft. Wo kriegt man die denn noch her?«

Genüsslich zog Detlef ein letztes Mal an seiner Zigarette, drückte sie umständlich in dem riesigen Aschenbecher auf dem Fliesentisch aus und nahm eine neue aus der zerknautschten Karo-Packung. »Alle Facharbeiter für Datenbereitstellung bei Robotron haben Karo geraucht. Dann wurde die Abteilung dicht gemacht. Jetzt bin ich in einer Auffangfirma, so eine kleine unbedeutende Klitsche auf dem Simsongelände Richtung Mäbendorf. Ich schule um.«

Das war nicht die Antwort auf meine Frage, aber gut, ich hatte verstanden. Die Frage nach der Herkunft offensichtlicher Ost-Artikel war tabu. »Worauf schulst du um?«, fragte ich deshalb. Ich vertrat hier schließlich nicht den BND.

»EDV-Fachkraft. Im Grunde mache ich das Gleiche wie früher, aber nach den goldenen West-Standards und hoffentlich irgendwann besser bezahlt.«

»Und deine Frau?«

Detlef schmunzelte. »Wir sind nicht verheiratet, nur eine Ewigkeit zusammen. Ursula wollte unabhängig bleiben. Wollte sie schon immer.« Er warf einen Blick nach draußen. »Sie war Politoffizier bei der NVA. So was braucht jetzt natürlich niemand mehr.« Auf meine gerunzelte Stirn fügte er hinzu: »Sie hat auf dem Friedberg Schulungen in der Offiziershochschule gehalten. Und bevor du fragst: Ja, sie war auch in der SED.«

»So genau wollte ich es gar nicht wissen«, wehrte ich erschrocken ab. »Jeder hat eben im System gemacht, was er konnte.« Nach einem unbehaglichen Moment fügte ich hinzu: »Lass uns über was anderes sprechen.«

Detlef nickte lächelnd.

Cindy kam kurz herein und nahm die angebrochene Weinflasche vom Tisch. Ich sah, wie sie sich damit über das Balkongeländer nach links beugte. Den erfreuten Dank eines unsichtbaren Nachbarn konnten wir auch im Wohnzimmer gut hören, ebenso wie das charakteristische Knistern eines Geldscheins.

»Was kriegt man für eine Flasche Rosenthaler Kadarka?«, fragte ich beiläufig.

»Damit bringst du eine zwei- bis dreiköpfige Familie gut durch den Tag«, sagte Detlef. »Zahlbar in harten West-Mark, was anderes gibt es ja nicht mehr. Dollars gehen auch.«

»Da sollte man zugreifen«, versuchte ich zu scherzen.

»Stimmt, sollte man.« Er kniff die Augen zu Schlitzen zusammen, als wägte er eine Entscheidung ab. Hinter ihm ging Ursula vorbei ins Bad und sperrte die Tür ab.

Cindy schlenderte langsam herein und blieb hinter Detlefs Sessel stehen. »Isst hier noch jemand was?«, fragte sie mit Blick auf die gefüllten Teller. »Sonst räume ich das Zeug lieber weg, bevor du es mit deiner stinkigen Karo totqualmst.«

»Wir sind satt«, meinte ich.

Detlefs Entscheidung schien gefallen zu sein. Energisch drückte er seine halb geraucht Karo im Aschenbecher aus und stand auf. »Ich muss schnell runter. Cindy, hast du was für den Keller?«

Ihre Hand hing einen Moment mit dem Teller aufgeschnittener Gurkenfächer in der Luft. »Ja, habe ich. Den Karton im Flur.« Sie deutete mit dem Kinn über die Schulter. »Der ist aber schwer. Ich räume schnell ab und dann helfe ich dir.

»Ich könnte Detlef helfen«, bot ich an. Ich wollte mich nicht länger fehl am Platz fühlen.

»Nicht nötig, ich mache so was öfter allein«, wehrte Detlef ab, aber damit verletzte er meinen gerade aufkeimenden, dummen Stolz.

»Lass mich dir helfen, ja? Ich sitze sowieso die ganze Zeit nur rum.« Ohne eine Antwort abzuwarten, stand ich auf und lief in den Flur. Probeweise hob ich den Karton an. – Donnerwetter, was war denn da drin? Ziegelsteine? Ohne darüber nachzudenken, klappte ich den Deckel auf. Im Karton lagen DDR-Lizenzausgaben osteuropäischer Buchtitel. Bei genauem Hinsehen entdeckte ich unterschiedliche Reclam-Logos auf den Einbänden. Aber wieso stand auf manchen VEB Reclam? Die hatten ihren Hauptsitz doch in Stuttgart, von wo aus sie den Deutschunterricht bundesweit mit den fiesen, gelben Folterheftchen beschickten (Faust!).

Aus den Augenwinkeln sah ich Detlef und Cindy einen undefinierbaren Blick wechseln. »Na gut, kannst mir helfen, Luca«, meinte Detlef schließlich.

Keller

Weil das Licht im Treppenhaus nicht funktionierte, ging Detlef mit dem Karton rückwärts voran die Treppe hinunter. Ich hing wie ein unsicheres Fähnchen am anderen Ende. Im Dunkeln stolperte ich von einer ungewohnt hohen Stufe zur nächsten. Die Treppen waren um einen recht großzügig bemessenen Schacht herumgeführt worden, der umso dunkler wurde, je tiefer wir kamen.

»Da sollten früher mal Aufzüge rein«, erklärte Detlef mit ironischem Unterton. »Aber in der Planwirtschaft kam man ja bekanntlich mit der Produktion nicht nach. Da hat man noch im Post-Sozialismus dran zu schleppen.«

Ich schwieg. Falls das eine Anspielung auf meinen dämlichen Vergleich gewesen war, wäre mir sowieso keine passende Erwiderung eingefallen.

Hinter mir wurde eine Wohnungstür geöffnet, das Flurlicht blendete uns. Durch den Spalt schaute Emilia mich böse an. Detlefs Anblick versöhnte sie jedoch wieder. Wir stellen den Karton ab, damit er zu ihr gehen und ihr etwas zuflüstern konnte. Beruhigt warf Emilia die Wohnungstür danach wieder ins Schloss. Wenn sie das bei meinen Eltern im Haus gemacht hätte, hätte dreißig Sekunden später der alte Ingolf Fink-Leuthardt bei ihr Sturm geklingelt und sie auf die Hausordnung hingewiesen. Schließlich ging es stramm auf halb elf nachts zu!

Ich weiß, ich wiederhole mich, wenn ich den Geruch, der uns im Keller empfing, als typische Reminiszenz an die DDR beschreibe. Aber auch hier, wo Wände, Boden und Decke aus Beton waren, roch es nach DDR-Linoleum. Dieser Staat hatte es anscheinend erfolgreich darauf angelegt, ein extrem schwer zerstörbares Andenken zu hinterlassen.

Dort, wo ich eine Feuerschutztür zwischen Treppenhaus und Kellerräumen erwartete, es aber lediglich einen Durchgang gab, hielt Detlef an und drehte einen Knebel an der Wand. Irgendwo knackte es, eine Lampe flackerte auf. »So. Das läuft jetzt erst mal eine Weile. Meine Konstruktion«, fügte er stolz hinzu.

Er dirigierte mich weiter zu Cindys Abteil. Der Keller barg auf den ersten Blick keine Überraschungen. Die Türen und die Trennwände bestanden aus zusammengehämmerten Holzlatten, eine davon war zur Verstärkung diagonal über allen anderen angebracht worden. Ein Stoß mit dem Ellbogen reichte, um sie zersplittern zu lassen. Für Leute, die den regulären Weg durch die Tür bevorzugten, waren aber auch die lächerlich windigen Vorhängeschlösser kein Hindernis.

Wahrscheinlich konnte auch ein Spargel wie ich sie mit einem Tritt zerstören.

Mit einer Hand sperrte Detlef Cindys Abteil auf.

»Die Bücher kommen da unten rein.« Er deutete mit dem Kinn nach links auf den untersten Boden eines grob gezimmerten Holzregals. Der Karton passte perfekt in die Aussparung. Sicher hatte er schon vorher hier gestanden. Das Abteil hätte eigentlich keine Lattenwände gebraucht, denn die rundherum aufgestellten Regale bildeten ein kleines Fort aus gesammelten DDR-Andenken, alle fein säuberlich in Kartons verpackt und außen beschriftet.

»Das nenne ich aufgeräumt«, lobte ich die Ordnung unsicher. »Wusste gar nicht, dass Cindy so strukturiert sein kann.«

»Das war ihr Vater«, meinte Detlef. »Nach seinem Tod hat sie hier nicht viel verändert. War ja auch nicht nötig. So ist es perfekt.«

»Sieht es bei euch im Abteil auch so aus?«

Ich hatte nur gefragt, um keine Pause aufkommen zu lassen, weshalb mich Detlefs Bereitwilligkeit überraschte. »Ich zeig's dir.« Ich folgte ihm zum nächsten Verschlag mit leidlich stabilerem Vorhängeschloss. Mit einem seltsam spitz geschliffenen Schlüssel klickte er es auf und ließ mich in die erstaunliche Welt des DDR-Körperkults eintreten.

Links lagerte eine Rudermaschine hochkant zwischen den Standschienen eines Schwebebalkens. An dessen Holmen hingen Eisenketten, wahrscheinlich für den Hammerweitwurf. Dahinter lehnten kurze und lange Skier und Skistöcke reichlich schräg an der Wand, darunter befand sich ein langes Schuhregal mit Skischuhen in allen Größen. Eine Regalwand zog sich an der kurzen Kellerseite über Eck zu Cindys Abteil hin. Darauf lagerten ein und zwei Kilo schwere Disken, Hanteln, Kugeln, Bälle und mehrere auseinander geschraubte Startblöcke. Auf mehreren Brettern lagen alte, aber gut gepflegte Boxhandschuhe, armdicke Seile (für einen Boxring?), Kickbox-Pads, hölzerne Ringe und Bälle in allen Farben und Formen. Dazwischen hatte jemand große durchsichtige Plastiktüten voller Seidenbänder an kurzen Stangen (für rhythmische Sportgymnastik?) gestellt, die die Bälle am unkontrollierten Herumrollen hinderten.

»Wow«, sagte ich anerkennend. »Damit kann man ja ein Trainingslager komplett ausrüsten.«

Detlef lachte. »So in etwa. Ich war früher auch Sportwart. Hab nach der Wende geholfen, mehrere Turnhallen leer zu räumen, die abgerissen werden sollten. Das Zeug wäre auf dem Müll gelandet. Dabei war das meiste erst kurz vorher angeschafft worden. Na ja.« Er gestattete sich einen langen Seufzer und richtete den Boxsack, der am Regal mit den Bällen und Hanteln lehnte, auf. »Falls du morgen mit Cindy noch nichts vorhast, könntest du mir helfen, den wieder an die Decke zu hängen. Der Haken ist durchgebrochen, ich muss einen neuen reinbohren.«

Zweifelnd schaute ich mich um. »Bisschen wenig Platz zum Boxen hier, oder?«

»Ich haue ja nicht fest drauf, nur ein bisschen. Dann schwingt der Sack nicht so weit. Hab ich alles schon ausprobiert.« Endlich blieb der Boxsack so stehen, wie Detlef es wollte. »Und das hier«, er zog etwas unter dem Regal hervor, »wird meine neue Vorrichtung für Kleinkram. Morgen werde ich endlich die Nägel umbiegen. Da werde ich das ganze Zeug dranhängen, das die Regale verstopft. Und dann kommt es über dem Schwebebalken an die Wand.«

Und die Skier?, wollte ich fragen, doch die bestimmt zwanzig Zimmermannsnägel, die wie Dornen aus dem Brett heraustaken, ließen mich fragen: »Umbiegen?«

Ohne hinzusehen nahm Detlef eine Zange aus dem Regal, klemmte sie um einen Nagel und bog ihn damit um, als wäre er aus Knete. »Umbiegen.« Am nächsten Nagel bog er so lang herum, bis ein Viereck daraus geworden war. Wieder sagte er: »Umbiegen.«

»Ganz schön gefährlich«, meinte ich.

Wieder lachte Detlef. »Ganz kannst du den Besserwisser nicht ablegen, Luca, gell?« Erneut diese eigentümliche Betonung meines Namens. »Sag mal, wie kommt Cindy eigentlich damit zurecht, dass du so«, er kratzte sich unbeholfen an der Nase, »chamäleonhaft bist?«

»Inwiefern?«, fragte ich, wohl wissend, was er meinte.

»Sie weiß nicht, dass du eigentlich zu niemandem richtig passt. Also, nach gesellschaftlichen Maßstäben. Oder?«

Respekt! Detlef war also gar nicht der naive Stoffel, den er neben Ursula mimte. Er gehörte anscheinend sogar zu den Checkern, die das große Ganze in mir erkannten. Und dann diese hervorragende diplomatische Umschreibung für etwas, das andere Gesprächspartner schon zur Verwendung schlimmster Obszönitäten verleitet hatte.

»Stimmt. Sie weiß es nicht. Ob man zueinander passt, hängt schließlich nicht *davon* ab. – Hat sie dir aufgetragen, mich zu fragen?«

»So in etwa.« Er schaute sich um, als könnte er den nächsten Satz zwischen den Gymnastikbällen ablesen. »Was soll ich ihr sagen, wenn wir wieder oben sind?«

»Gar nichts. Das wollte ich dieses Wochenende sowieso mit ihr klären. Unter anderem.« Ich grinste verkniffen.

»Dann werde ich schweigen.« Seine schwitzige Hand legte sich heiß auf meine Schulter. »Sei nett zu ihr, ja?« Er wandte sich ab, um sich seinen Regalen zu widmen.

»Klar. Ich bin immer nett.« Eine Weile sah ich ihm dabei zu, wie er die Hanteln und Disken herumräumte, um Platz zu schaffen.

»Ich wollte mir längst eine Halterung für die Gewichte besorgen«, ächzte er, die Hände tief im Regal. »Dann kann man den ganzen Kram auch an die Wand hängen und andere Sachen einlagern.«

»Interessiert sich überhaupt noch jemand für das Zeug?«

Er warf mir einen Was-glaubst-du-denn-Blick über die Schulter zu und stapelte die Disken nach Gewicht. Dazwischen legte er alte Putzlappen, um die wackelige Angelegenheit geringfügig zu sichern.

»Hier seid ihr! Was macht ihr denn?«

Das hohle Kellerecho ließ Ursulas Stimme dumpf nachklingen. Dem Gesichtsausdruck nach ärgerte sie sich mal wieder.

»Ich habe Luca meine Sammlung gezeigt.« Mit einem Schnaufer zog Detlef seine Arme aus dem Regal. »Ist doch nichts dabei.«

»Von wegen nichts dabei«, grunzte Ursula. »Irgendjemand hat unten die Haustür offen gelassen. Wenn draußen einer gesehen hätte, dass hier unten Licht brennt, hätten wir ruckzuck den ganzen Ziegenberg zu Besuch gehabt.«

Ihr Rüffel beunruhigte Detlef. »Wie, offen? Geht Mutter wieder spazieren oder wie?«

»Nein, sie ist zu Hause«, beruhigte Ursula ihn. »Wahrscheinlich hat Enrico die Haustür vorhin versehentlich offen gelassen. Aber ich hoffe, dass nicht schon jemand im Treppenhaus hockt und nur drauf wartet, dass er hier unten freie Bahn hat.«

»Klingt ja aufregend«, murmelte ich. »Thriller im Plattenbau. Ein DDR-Krimi.« Darauf erwartete ich keine Antwort von den beiden. Es kam auch keine. Stattdessen starrten sie sich eine Weile stumm an.

»Wir sind fast fertig«, sagte Detlef schließlich. »Nur noch ein bisschen Platz schaffen für morgen.«

Ursula schüttelte den Kopf, als wollte sie sagen: Als ob das nicht auch noch morgen Zeit hätte. Dann richteten sich ihre rauchgrauen Augen plötzlich auf mich. »Ich brauche was aus dem Karton, den du runtergetragen hast. Wo ist er?«

Ich wollte ihr helfen, den sperrigen Bücherkarton aus dem Regal in Cindys Abteil zu ziehen. Aber das Muskelspiel auf ihren nackten Unterarmen ließ unschwer erkennen, dass sie das auch allein gut hinbekam. Sorgfältig nahm sie ein Buch nach dem anderen heraus, bis sie das richtige Exemplar gefunden hatte, und stapelte alles wieder zurück. »Danke.« Sie erhob sich langsam, die wertvolle Lizenzausgabe mit beiden Händen festhaltend, beugte sich noch in Detlefs Abteil, ich hörte die beiden flüstern, ein leises Schmatzen – wahrscheinlich ein Kuss. Mir warf sie ein hastiges »Bis morgen!« zu, bevor sie ging. Detlef fuhr fort, einen Stapel Disken aus- und eine Etage höher wieder ins Regal zu räumen.

Zu meinen Füßen wartete der gewichtige Bücherkarton. Den hätte Ursula eigentlich noch zurückstellen können.

»Tja. Ordnung ist das halbe Leben«, murmelte ich und schob ihn in die Lücke. Auf halbem Weg verkantete er sich irgendwo. Ich drückte dagegen, zog ihn heraus, schob ihn wieder hinein und kam immer noch nicht weiter. Genervt schlug ich gegen die Pappe. Etwas schabte über Holz, der Widerstand verschwand. Mit einem Ruck stieß ich den Karton hinein – gegen die grob gezimmerte Lattenwand dahinter.

DONGGGG!

Die Latten vibrierten heftig. Metall klapperte auf Metall. Durch die Lücken in der Lattenwand sah ich drüben bei Detlef etwas fallen, vielleicht handtellergroß, ein oder zwei Kilo schwer.

Der ledrige Aufprall.

Gefolgt von einem satten Knacken.

Vor meinem inneren Auge sah ich den Diskus auf den Boxsack fallen, den ich morgen mit Detlef an der Decke anbringen sollte. Das Leder des Sacks war sicher so morsch gewesen, dass es beim Aufprall des handtellergroßen Dings aufgeplatzt war. Womit füllte man so einen Boxsack? Mit Sand? Der rieselte nun sicher lustig heraus, wenn man den Riss nicht zuklebte. Oder den Sack so hinlegte, dass nichts mehr herausrieseln konnte. Aber bestimmt tat Detlef das gerade. Den Sack zukleben. Damit nichts mehr herauslief. Von dem Sand. Aus dem Riss. Unter den graublonden, strähnigen Haaren. – Ich blinzelte durch die Latten. – Komisch. Wusste gar nicht, dass man in der DDR roten Sandsteinsand verfüllt hatte.

»Detlef?«

Er antwortete nicht. Stattdessen überlagerte Schlachthaus-geruch (und frisches Kalbshirn, dessen Ausdünstung ich bei einem Ferienjob in einem Restaurant kennengelernt hatte) den allgegenwärtigen DDR-Linoleum-Geruch. Jetzt kam auch meine Wahrnehmung wieder auf Touren. Wie ein Monolith ragte sie in mein Bewusstsein, das heißt: Ich war der Mono-lith, der irgendwie von Verschlag A nach Verschlag B gelangt war. Ich, der Monolith, hatte einen guten Überblick über die graurote Sauerei, die aus Detlefs Hinterkopf auf den Estrich tropfte. Bäuchlings hatte es ihn auf den Boxsack gehauen. Der verhängnisvolle Diskus war unter dem Schwebebalken durch-gerollt und hatte sich zwischen den Skiern verkantet. Ein Wunder, dass sie stehen geblieben waren. Wäre bestimmt ein Höllenlärm gewesen, wenn er—

Detlef atmet nicht. Tu was. – Was denn? Erste Hilfe leisten? Ist doch völlig sinnlos. Er hat ja nicht mal 'nen Puls. Zum Le-ben erwecken kann ich ihn nicht. Bin ja nicht Jesus. – Dann ruf die Polizei. Es war schließlich ein Unfall. – Ja, klar, ein Unfall. Wie soll ich das Cindy beibringen? Über die Detlef noch was gesagt hatte, Moment, was war das noch gewesen, ich sollte sie nicht—

HERRGOTT NOCH MAL, TU WAS!

Wie von allen Teufeln der Hölle gejagt, raste ich durch das dunkle Treppenhaus zurück in den vierten Stock.

Mit jeder übersprungenen Stufe wurde mir klarer, dass ich niemals schnell genug wäre, um noch etwas am Status quo ändern zu können. Detlef war tot. Woher ich das wusste – keine Ahnung, Detlef war mein erster Toter. Aber wenn ich alles, was ich jemals über Leichen gehört, gelesen und im Fernsehen gesehen hatte, zusammennahm, dann war dies das einzige realistische Ergebnis: Jemand mit so einer Scharte im Schädel konnte nicht mehr am Leben sein.

Ich hörte schon einen Streifenwagen unten vorfahren, zwei Unifomierte musterten mich ernst, stellten ein paar Fragen und setzten mich anschließend auf den Rücksitz ihres Fahrzeugs. Dann ab in die nächste Polizeidienststelle, die ausschließlich aus DDR-Linoleum-Geruch bestand. Worte wie Festungshaft und Zuchthaus krochen hinter meiner Stirn aus den Synapsen. Ich war verloren!

Bebend läutete ich an Cindys Wohnungstür Sturm. Als könnte Detlefs Körper plötzlich die Treppe heraufkommen, um mich hinunter in den Keller beziehungsweise direkt in die Hölle zu ziehen. Aber das war natürlich kompletter Blödsinn, denn die Hölle bereitete ich mir gerade selbst und außerdem – es war ein Unfall gewesen. Deshalb würde ich, sobald Cindy endlich die Tür geöffnet hatte, sofort die Polizei anrufen.

Meine Hand fror auf der Klingel ein.

Langsam ging die Tür auf. Cindy neigte den Kopf, um mich durch den Spalt zu mustern. Ihre Augenlider hingen auf Halbmast, sie musste schon geschlafen haben. Wie lang war ich bloß im Keller gewesen?

»Ach, du bist es. Komm rein. Aber nur kurz.« Sie zog die Tür ganz auf.

»Ich muss telefonieren!« Hektisch schob ich sie beiseite und rannte ins Wohnzimmer. Neben der Couch stand doch vorhin noch ein – nein. Das Telefon in der Ecke hatte ich mir nur eingebildet. – Dann im Flur. Auch nicht! Und im Schlafzimmer? »Wo ist dein Telefon?«

Cindy blinzelte langsam. Ihre dunklen, glitzernden Iriden schienen das spärliche Licht der Flurfunzel einzusaugen.

»Das wird erst im September installiert.« Ihre Stimme klang gepresst. »Und jetzt kehrt Marsch. Wperedi, Luca.« Ihre Hände legten sich flammend heiß auf meine Schultern. Rückwärts schob sie mich wieder ins dunkle Treppenhaus.

Ich schlug ihre Hände weg. »Wo kann ich telefonieren?«

»Hier nicht. Vorwärts jetzt.«

»Aber ich muss—«

»Du kannst hier nicht telefonieren!«, zischte sie. »Und warum willst du jetzt telefonieren? Kein Mensch will nachts um die Zeit telefonieren! Müsst ihr Wessis immerzu telefon- andere Leute aus dem Schlaf reißen?«

Ihr Unterkiefer zitterte vor Anspannung. Dazu die Wiederholungen des Wortes »telefonieren« … Grauschleier schoben sich vor meine Augen. Die Welt wurde leiser, enger. Detlef war ganz weit weg. Und auch ich wurde plötzlich zur einsamen Insel in der Ostsee. Als hätte mein Kopf alles ausgesperrt, was mich zusätzlich belastete. Wie die hypernervöse Cindy, die die Hände zu Fäusten ballte.

»Was ist denn?«, fragte ich.

»Wir müssen weg. Komm.«

Wusste Cindy etwa schon, was unten passiert war? Aber woher? – Ihre schweißnassen Finger packten mein Handgelenk und zogen mich wieder die Treppe hinunter, ohne das Licht einzuschalten. Ihr Griff war härter als sonst, das Blut wollte mir schier in der Hand stocken.

»Was ist denn?«, wiederholte ich etwas lauter. Tiefer und tiefer zog Cindy meinen Körper, während mein innerer, panischer Monolog sich in Grütze verwandelte. Bloß keine klaren

Gedanken mehr fassen. Je näher wir dem untersten Treppenabsatz kamen, wo die letzte Kehre in den Keller führte, desto klebriger wurde die warme Augustluft. Das DDR-Linoleum wuchs unter den Randleisten heraus und schob sich mir als Duftwolke aus Plaste und Elaste entgegen.

Am letzten Treppenabsatz ging Cindy geradeaus, öffnete die Haustür und sprang ins Freie. Mich zog sie hinter sich her, ohne zu wissen, welchen riesigen Gefallen sie mir damit tat. Bloß weg, weg, weg vom Keller!

Wir liefen über die Fußgängerpromenade, die zwischen den Blocks von einem Ende des Wohngebiets zum anderen führte. In der Breite bestand der Weg aus je fünf und mehr zu Quadraten gegossene Betonplatten, Kantenlänge um die 1,50m. Im Laternenschein sah es so aus, als führten sie nach – keine Ahnung, welcher Ort in der DDR als Sehnsuchtsort gegolten hatte. Jedenfalls hatte man den Eindruck, kilometerweit geradeaus laufen zu können. Tatsächlich erstreckte sich die Promenade nur über das kurze Stück zwischen den Plattenbauten.

Aber was heißt da nur! Mit dem Wohngebiet auf dem Ziegenberg hatte man den kompletten Bergrücken zubetoniert. Links und rechts wuchsen regelrechte Plattenburgen vier, fünf oder sechs Stockwerke in die Höhe. Ein Block hatte mindestens vier Hauseingänge, jeder Eingang verfügte über Ein-, Zwei-, Drei- und Mehrraumwohnungen, sodass in einem Haus – unübersichtlich viele Familien leben konnten. Es wimmelte hier nur so vor Menschen. Und weil es eine warme Augustnacht war, in der man fröhlich zur nächsten Kneipe strebte, kamen uns immer wieder Spaziergänger entgegen – keine Chance, unbemerkt von A nach B zu gelangen!

Cindys Finger um meinen Unterarm entspannten sich allmählich. Ich entwand ihr meinen Arm und rieb mir das schmerzende Handgelenk. »Wohin gehen wir überhaupt?«

»Zum Grab meiner Eltern«, sagte sie knapp und warf einen Blick auf ihre kleine Ruhla-Damenuhr. »Vor einem Jahr um 23.31 Uhr sind sie in einer Kehre auf der Straße nach Oberhof in den Berg gerast, weil ihnen ein besoffener Wessi auf ihrer Seite entgegenkam. Hat die Spur nicht halten können, der Arsch. Mama und Papa waren sofort tot. Der Wessi hatte nicht mal einen Kratzer.« Schweiß hatte sich auf ihrer Oberlippe gesammelt. Sie zog ihre Ballonjacke zurecht.

Ballonjacke bei der Wärme? Dazu ihre dunklen Iriden … Unter der nächsten Laterne schaute ich genauer hin. Irrtum, das Schwarze waren ihre Pupillen. Himmel. Ein Toter im Keller und Cindy auf Drogen!

»Das mit dem Grab halte ich nicht für eine so gute Idee. Wir sollten lieber zurückgehen«, schlug ich unsicher vor. »Und jemanden anrufen, der helfen kann.«

»Ich hab dir doch gesagt, dass ich noch kein Telefon hab!«

Das Pärchen, das vor uns ging, drehte sich nach uns um. Cindys Stimme hatte die Frequenz, die man bei einer lockeren Unterhaltung anschlug, definitiv überschritten. »Und ich will dort jetzt verdammt noch mal hin, weil es Mama und Papa zusteht, dass ich sie besuche!«

»Aber deine Augen—«

Sie warf die Hände in die Luft und blieb mitten auf der Promenade unter einer Laterne stehen. Das uns folgende Grüppchen aus angeheiterten Halbwüchsigen umrundete uns großzügig. »Ja, okay, ich hab was genommen! Was würdest du denn machen, wenn du es nicht aushältst, das du nicht verhindern konntest, dass von jetzt auf gleich zwei Menschen sterben, die dir nahe standen?«

Damit erwischte sie mich eiskalt. Was ich getan hätte? Am liebsten hätte ich auch Drogen eingeworfen, um das Gefühl loszuwerden, wie ein Korken auf dem Eismeer herumzuschaukeln.

Tuschelnd entfernten sich die Halbwüchsigen. Der eine oder die andere schaute über die Schulter zu uns zurück.

Surrend näherte sich ein Insekt meinem Unterarm, ließ sich darauf nieder und fuhr den dünnen Rüssel aus. Verdammte Mücke! Klatschend erschlug ich sie. Damit lockte ich jedoch nur ihre durstigen Genossinnen an.

»Komm weg aus dem Licht, die Biester fressen uns sonst auf.« Diesmal zog Cindy mich am anderen Arm weiter, ohne wirklich sanfter zuzugreifen. Alles in mir widerstrebte dem Besuch am Grab von Cindys Eltern, das hatte ich doch dem Schicksal längst ausgerichtet! Vielleicht war das nur die gerechte Strafe für den toten Detlef. Schließlich hatte ich Hilfe holen wollen und nun ... war ich weggelaufen.

»Wie weit ist es denn bis zum Friedhof?«

Statt zu antworten, schnaubte Cindy nur, ein Zeichen, dass sie ziemlich aufgebracht war.

»Verrätst du mir wenigstens, was du genommen hast und wann die Wirkung nachlässt?«, bat ich. Aus dem Schlagschatten traten erneut späte Spaziergänger in den Lichtkreis der nächsten Laterne, rissen bei meinen Worten die Augen auf und machten auf den Absätzen kehrt, kein Witz.

»Tabletten vom Arzt«, knurrte Cindy. »Lustigmacher. Und glaub mir, ich bin gerade sehr, sehr lustig!«

»Weil du davor Wein getrunken hast«, vermutete ich.

»Auch.« Sie warf einen Blick in die Runde. Dabei blieben ihre Pupillen – inzwischen schienen sie ihre Augäpfel auszufüllen –, an jedem Hauseingang in Sichtweite kurz hängen. Jedes erleuchtete Fenster tastete sie so ab. Ihr Griff um meinen Arm lockerte sich. Ich kam jedoch nicht dazu, mich zu befreien, denn sie zwang mich mit einem Ruck in eine Neunzig-Grad-Wende. Mit großen Schritten verschwanden wir in einem Durchgang zwischen zwei Wohnburgen. Doch an seinem Ende tauchten wir nicht etwa wieder in das gelb beleuchtete Nachtleben auf der anderen Seite ein. Dort, wo wir den Schatten zwischen den Blocks verließen, wucherte der finstere, totenstille Thüringer Wald. Erst verschmolz Cindy, dann ich mit der feucht-kalten Finsternis.

Grabesstille

Hilflos stolperte ich in der Finsternis sofort über etwas Unsichtbares. Prompt packte Cindy mein Handgelenk wieder fester, damit ich ihr ja nicht abhanden kam. Und natürlich war das immer noch besser, als quasi blind im Wald zu stürzen, einen zerklüfteten Hang zurückzurutschen oder von einem wilden Tier gefressen zu werden. (Gab es hier nicht noch Wildkatzen?) Nichtsdestotrotz hatte Cindy mich noch nie so derb angefasst, als wäre sie hier ein ganz anderer, mir völlig fremder Mensch.

»Jetzt heb endlich die Füße!«, fuhr sie mich nach meinem x-ten Stolperer an. »So uneben ist der Weg doch gar nicht.«

»Wo ist hier bitte schön ein Weg?«, schimpfte ich.

Es klatschte, ich schrie noch lauter. Sie hatte mir auf die Schulter gedroschen. »Fresse! Und reiß dich zusammen! Wir sind ja gleich da.«

»Auf dem Friedhof oder wie?«

»So in etwa. Dann gibst du hoffentlich endlich Ruhe.«

Friedhof. Ruhe. Dazu die Finsternis und die Kälte, die feucht aus dem Waldboden und den Tannen unter meine Klamotten kroch. Der irrwitzige Gedanke, von Cindy zu meinem Richtplatz geschleift zu werden, schoss mir durch den Kopf. Doch obwohl ich plötzlich felsenfest davon überzeugt war, dass mir gerade meine letzten Minuten durch die Finger rannen, brachte ich nicht den Mut auf, wegzulaufen oder Cindy gar niederzuschlagen. Und so trieben die Angst und Cindy mich vor sich her zum Grab ihrer Eltern, die man anscheinend mitten im Unterholz des Thüringer Waldes bestattet hatte. Abgelegen. Unbeleuchtet. Gruselig.

»Brauchst keine Angst zu haben«, sagte Cindy plötzlich ganz dicht neben meinem Ohr. »Es dauert nicht lang.«

»Was denn? Mich abzumurksen oder wie?«, entfuhr es mir.

»Wie kommst du denn darauf, dass ich dich ausgerechnet hier – ach, Luca.« Kichernd schubste Cindy mich weiter. Ich unterdrückte jede weitere spontane Gedankenäußerung.

Endlich blieb sie stehen und ließ mich los. Den Geräuschen nach zu urteilen hantierte sie unter ihrer Ballonjacke herum. Es knackte, diesmal zum Glück metallisch. Das Licht einer Stablampe zerstrahlte die Finsternis. Ja, wie wundervoll war das denn? Und mich hatte sie in der Dunkelheit herumstochern lassen!

»Halt mal.« Sie drückte mir die Lampe in die Hand, zog einen Klappspaten unter ihrer Jacke hervor und begann zu graben. Gleichmäßig stieß sie das Spatenblatt in den Waldboden, trat auf die Kante und hebelte die Erde heraus. Im hohen

Bogen flog sie aus dem Lichtkegel. Irgendwas quiekte. »Mäuse«, stellte Cindy beiläufig fest.

Jetzt hätte ich mit der Stablampe wegrennen können, aber meine Angst riet mir, es bleiben zu lassen. Der Wald war für mich Stadtkind einfach das falsche Biotop, um in der Dunkelheit zu überleben.

»Gräbst du einen Schatz aus?«, versuchte ich zu witzeln.

»Quatsch. Ich will meine Eltern in den Urlaub mitnehmen.«

»Was?!« Endlich, endlich, nach den zahlreichen Einschlägen auf meine ach so behütete Seele, wurden meine Knie weich. Ich sank dort, wo ich stand, auf den Boden und landete auf einem Haufen Irgendwas. Sofort saugte meine Hose den nächtlichen Tau auf. Na prima!

»Ich hab sie hier vergraben«, erklärte Cindy. »Weil das ihr Lieblingsplatz war. Ja, ich weiß, das ist verboten. Aber auf dem städtischen Friedhof ist es ihnen nicht gut ergangen.« Stoisch hob sie eine Schaufel Erde nach der anderen aus.

»Wurden sie – in Urnen beigesetzt?«, fragte ich blöd. Auf dem Boden wurde es ungemütlich. Mit steifen Beinen stand ich wieder auf.

Cindy schnaubte vor Lachen. »Was dachtest du denn? Glaubst du, ich bin so irre und buddele zwei Särge aus? Und schleppte sie den Berg rauf? – Es war gar nicht so leicht, das Fach im Kolumbarium aufzuhebeln, ohne Spuren zu hinterlassen.«

»Verschon mich bitte mit Einzelheiten«, murmelte ich. »Ich möchte kein Mitwisser von Straftaten sein.«

»Genehmigt«, meinte sie fröhlich. »Bist eben ein gesetzestreuer Wessi.«

Aus dem Loch kam ein hohler metallischer Klang. Cindy sog unter ihrer wundersamen Ballonjacke ein Sack hervor. Sie legte sich darauf und steckte die Arme ins Loch. Eine Weile stocherte sie dort unten herum, bis sie die Urnen mit den Aschen ihrer Eltern herauszog und neben dem Loch abstellte. »Ich brauche erst mal eine Pause. Wenn du mir die Stablampe gibst, kannst du das Loch wieder zuschütten.« Sie hielt mir den Spaten hin. Zu ihrer Enttäuschung rührte ich mich nicht. »Na schön. Dann eben nur eine kurze Verschnaufpause.« Langsam massierte sie ihre Arme, schüttelte sie aus und nahm die Arbeit wieder auf.

Kaum wagte ich, die nächste Frage zu stellen, die bereits nach der Erwähnung der Urnen in meinem Kopf aufgeploppt war. »Dass du deine Eltern umbettest, okay. Aber wohin fährst du denn in den Urlaub, dass du unbedingt«, ich stockte, »deine Eltern dabei haben willst?«

»Es betrifft die Dauer«, sagte sie zwischen zwei Schippen Erde.

Die Dauer? »Ich dachte, du hättest nur zwei Wochen Urlaub genommen.« Oder waren es drei? Aber das war doch auch kein Grund, die eigenen Eltern auszugraben!

Seufzend stützte sie sich auf den Spaten und wandte sich mir zu. Das Spiel von Stablampenlicht und Schatten auf ihrem Gesicht hätte in einem Fernsehkrimi sicher für angenehmen Grusel gesorgt. Mitten im Thüringer Wald auf dem Berg war es dagegen der blanke Horror.

»Das ist gar nicht so leicht zu erklären«, gab sie zu. »Es sind jedenfalls mehr als zwei Wochen.«

Das Gefühl hatte ich auch. »Probier's wenigstens«, forderte ich sie auf.

»Später.« Sie wandte sich wieder dem Loch zu. Bis sie es zugeschüttet hatte, sprach sie kein Wort mehr. Danach rieb sie sich erst einmal ausgiebig die Hände mit einem Lappen sauber. Die Urnen kamen in den Sack, den sie schulterte und losging, mitten hinein in die kalte Schwärze.

»Hey!« Zunehmend kopflos stolperte ich hinter ihr her. Cindy lief zwischen den schweigenden Tannen immer nur so schnell bergab durchs Unterholz, dass ich sie gerade noch im zitternden Lichtkegel hatte.

»Hier gibt's übrigens Tollwut und jede Menge Zecken«, rief sie mir über die Schulter zu. »Fürchtest du dich jetzt?«

»Nicht mehr als vorher!«, antwortete ich kläglich. Innerlich war ich totfroh, endlich dem furchtbar ungastlichen Wald zu entkommen. Gleichzeitig hatte ich schreckliche Angst davor, in die Wohnsiedlung zurückzukehren. Denn dort lag der tote Detlef im Keller. Das sollte ich Cindy endlich beichten. Und dass ich nicht mehr in der Firma war, wenn sie aus dem Urlaub zurückkam, wobei ich mich fragte, wann das sein würde, wenn sie schon ihre Eltern … Und dass, ja, dass ihre Zuneigung zu mir bei ihr anscheinend falsche Vorstellungen hervorgerufen hatte, die dringend korrigiert werden mussten. Nur wann war der richtige Zeitpunkt für drei Geständnisse, wenn jedes genügend Sprengkraft beinhaltete, um sie ausrasten zu lassen? (Aber war jemand, der die toten Eltern vom Friedhof in den Wald umbettete, nicht schon komplett ausgerastet?)

Meine Schritte wurden kürzer, ein unmissverständliches Zeichen, dass ich mich entspannte, weil ich resignierte. Falls ich ohne mein Zutun Teil einer absurden Short Story geworden war, sollte nun der letzte Abschnitt beginnen. Immerhin hatte der unbekannte, allwissende Autor dieser absurden Geschichte bereits zwei Höhepunkte verbraten – ein Toter, zwei Urnen im Wald, das war nur schwer zu toppen. Eine überraschende Schlusswendung, die alles in einem anderen Licht darstellte, musste her. Und da ich sowohl in meinem bisherigen Leben als auch an diesem Wochenende nur mitgestolpert war, tat ich etwas für mich Untypisches: Ich ergriff die Initiative.

Den feindlichen Waldboden mit Missachtung strafend, schloss ich zu Cindy auf, bis wir nebeneinander herliefen. Sofort wurde mir klar, dass sie auch nicht ganz sicher unterwegs war. Sie schritt zwar ausgreifender aus als ich und wirkte ruhiger (oder müder?). Letztlich musste sie jedoch auch jeden Schritt bergab abbremsen und ausbalancieren, wenn sie nicht auf dem Hosenboden hinunterrutschen wollte – genau wie ich.

»Was hältst du davon, wenn wir ab jetzt mit offenen Karten spielen?«, begann ich in der Hoffnung, damit eine gute Einleitung für meine Generalbeichte gefunden zu haben.

Cindy seufzte. »Gute Idee. Eigentlich passt es mir gar nicht, dass du dieses Wochenende zu Besuch bist. Aber«, sie schniefte und wuchtete den Sack mit den klappernden Urnen auf die andere Schulter, »das ist die letzte Gelegenheit. Sozusagen.« Traurig lächelte sie mich an. »Und so ist es auch nicht ganz so einsam, wenn …« Plötzlich schüttelte sie sich. »Ich kann das nicht so spontan nachts im Wald. Lass uns morgen beim Frühstück über alles reden. So richtig lang und breit bei Tageslicht. Dann ist alles auch viel klarer. Okay?«

Mein frisch aufgekeimter Mut fiel in sich zusammen.

Nein! Nicht erst morgen. Wir mussten auf der Stelle reden! In eurem Keller liegt ein Toter! Innerlich brüllte ich so laut, dass sich prompt my good old friend Stresstinnitus meldete.

»L-letzte Gelegenheit?« Ich hörte meine Stimme kaum, so laut sauste und brauste es in meinen Ohren.

Doch Cindy winkte ab. »Morgen.«

Mein innerer Schweinehund erkannte glasklar die Galgenfrist, die sich aus ihrer Weigerung, mit mir zu reden, ergab. Dann war ihr Drogenspiegel wahrscheinlich auch niedrig genug, um mit ihr über Detlef zu sprechen. Mein Mund klappte zu und ließ sich vorerst nicht mehr öffnen.

Es war schon fast halb eins, als wir wieder auf der Promenade zwischen den Wohnblöcken ankamen. Immer noch waren Anwohner unterwegs. Niemand schien sich daran zu stören, dass eine junge Frau bei 22 °C Außentemperatur in schwarzer Ballonjacke mit einem Sack auf dem Rücken herumlief. Hier grub man anscheinend öfter Dinge aus dem Wald aus und trug sie für alle sichtbar nach Hause.

Im Treppenhaus gab sich Cindy keine Mühe, leise zu sein. »Das erkläre ich dir auch morgen«, meinte sie und gähnte. »Jetzt muss ich schlafen. Und du auch. Wir haben morgen viel vor.«

Ich kämpfte derweil gegen würgende Angst. Wie sollte ich mit einem Toten im Keller auf Cindys Sofa schlafen?! Ich konnte mich ja nicht mal ohne Atemnot auf das dicke Daunenkissen legen, auf dem Tante Anna nach der Beerdigung ihres Vaters genächtigt hatte! Und keine zwei Meter von mir in der Küche, immerhin getrennt durch die Durchreiche, standen die Urnen ihrer Eltern fein säuberlich nebeneinander auf dem Sack, damit keine Erde auf die Arbeitsplatte kam ...

Als wir uns eine gute Nacht wünschten, täuschte ich scheinbar zerstreut vor, noch etwas in mein Notizbuch schreiben zu wollen, damit sie ja nicht das Wohnzimmerlicht ausschaltete. Dunkelheit konnte ich jetzt gar nicht gebrauchen.

Mit untergeschlagenen Beinen hockte ich auf ihrem Sofa, bis in die Haarspitzen angespannt. Derweil rumorte Cindy noch im Badezimmer und verschwand gegen eins in ihrem Schlafzimmer. Geschlagene siebzehn Minuten dauerte es, bis ihr Bett nicht mehr knarzte.

Endlich.

Erschöpft kippte ich zur Seite auf das vermaledeite Tante-Anna-Kissen. Eine Welle aus Müdigkeit überrollte mich. Nur ein paar Minuten wollte ich mich erholen, bevor ich mich um Hilfe kümmerte ... für Detlefs Leiche, vielleicht auch wegen der Urnen ... Zwei Fledermäuse zappelten vor dem Balkonfenster ... Durch die offene Balkontür klangen entfernte Musikfetzen ... Jemand grölte hinten auf der Promenade ein Sauflied, gefolgt vom obligatorischen: »Ruhe odr 'sch ruf de Bolizei!« Ein Auto fuhr vorne auf der Straße vorbei ... Ein irritierendes Kaleidoskop aus Wünschen und Erlebnissen überstrahlte in der Dunkelheit die Schrecknisse der Gegenwart ... Ein paar Kindheitserinnerungen hier, zwei absurd glückliche Momente da ... Tief unter der Erde gurgelte eine Stimme, deren Dringlichkeit von der Schwäche des Alters gedämpft wurde ... Ein letzter verzweifelter Seufzer, dramatisches Winseln, dann Stille ...

Erschrocken setzte ich mich auf. Auf meiner Casio blinkte 1:58. Mist!

Irgendwie – dieses Adverb muss reichen, weil ich im Nachhinein nicht mehr sagen kann, wie ich aus der Wohnung kam –, gelangte ich erneut in den Keller. Mag sein, dass Totenstille und nach DDR-Linoleum stinkende Dunkelheit im Treppenhaus herrschten. Möglich, dass ich hin und wieder vor Anspannung zu laut ausatmete oder stolperte oder weiß der Geier was Dummes machte. Das alles war unwichtig geworden. Es ging mir nur noch darum, dass ich mich auch weiterhin ohne Reue im Spiegel anschauen wollte. Beflügelt vom mir bis dahin unbekanntem Zweckoptimismus freute ich mich sogar darauf, Detlefs leblosen Körper in aller Ruhe zu betrachten, bevor ich den Rettungsdienst alarmierte. Wie ich das ohne Telefon bewerkstelligen sollte, würde ich dann ausknobeln. Vielleicht kam ja zufällig eine Polizeistreife vorbei.

Wie erwartet brannte im Keller kein Licht mehr. Nach einigem Suchen ertastete ich im Dunkeln den Knebel an der Wand und drehte ihn wie Detlef. Knackend flammte eine Lampe auf. Erleichtert atmete ich durch und hätte mich fast übergeben. Linoleum verlor haushoch gegen geronnenes Blut und Kalbshirn. Ein Wunder, dass der Gestank nicht schon im Treppenhaus angekommen war! Oder hatte mein Gehirn ihn ausgeblendet? Und warum hatte Cindy nichts mitbekommen, etwa wegen der Drogen?

Röchelnd atmete ich ab sofort nur noch durch den Mund. Das half auch ein bisschen gegen die Übelkeit. Doch ich sollte gleich ein noch viel besseres Mittel gegen den Drang, sich die Seele aus dem Leib zu kotzen, kennenlernen: Zunächst konnte mein Gehirn das neue Arrangement in Detlefs Keller nicht ganz deuten. Jemand hatte ihn vom Boxsack gezogen und auf den Rücken gelegt. Um seinen Hinterkopf hatte sich eine glibberige rosa Pfütze gebildet. Ein wenig unbeholfen klemmte er zwischen dem Regal mit den Disken, dem Schwebebalken und Emilia. Ihren Arm hatte die alte Dame neben sich abgelegt, als wäre er ihr zu schwer geworden. Sie hockte zusammengesunken in einem roten See aus Detlefs Liquor und ihrem Blut. Es war anscheinend aus ihrer geborstenen Schläfe über ihre linke Gesichtshälfte und die Kittelschürze mit dem blau-weißen Tüpfelmuster auf den Boden geflossen. Die Kittelschürze hatte eine ordentliche Portion davon aufgesaugt, sodass das Muster stellenweise kaum noch zu erkennen war. Teilweise war das Blut bereits getrocknet. Weitere Rinnsale verästelten sich auf ihrem abgelegten Arm zu einem Flussdelta, das wie ein stetiger Quell über den Rand eines Brettes gesprudelt war. Entsetzen erfasste mich, weil ich glaubte, in dem schwachen Licht nicht richtig zu sehen. Doch die langen Zimmermannsnägel, die wie Dornen aus dem Brett ragten, bildete ich mir nicht ein. Sie hatten Emilias Arm komplett durchlöchert. Detlef hatte es nicht mehr geschafft, das Brett wegzuräumen, bevor der Diskus ihm den Schädel gespalten hatte.

Emilias gebrochener, dennoch vorwurfsvoller Blick, hier bitte nicht noch mehr Chaos anzurichten, bewirkte, dass mir die Kotze im wahrsten Sinne des Wortes im Hals stecken blieb. Was war passiert? Und warum hatte ich Cindy gegenüber nicht darauf bestanden, unverzüglich Hilfe zu holen?

Als das Licht im Keller erlosch, war es auf meiner Casio 2:16. Die Dunkelheit war jedoch ein Klacks gegen den Schock, als sich plötzlich ein starker Arm von hinten um mich schlang und meine Arme fixierte. »Komm mit«, hauchte eine rauchige Stimme in meinem Nacken, »bevor sie dich hier findet.«

Kissenschlacht

Cindys Hand auf meinem Mund erstickte meinen markerschütternden Schrei. Ich wehrte mich wie wild, vergeudete dabei jedoch nur kostbaren Sauerstoff. Als mir die Luft ausging, weil sie mir irgendwie die Nase zuhielt, beruhigte ich mich. Falls man eine beginnende Ohnmacht Beruhigung nennen kann.

»Es ist alles in Ordnung«, flüsterte sie gegen das Donnern meines Pulses an. »Deshalb schließen wir jetzt die Tür ab und gehen wieder hinauf. Und morgen früh kümmern wir uns um den Schlamassel. Gleich nach dem Frühstück. Ich habe extra für dich Schinken und Eier gekauft, weil du morgens so gern Rührei isst.«

Wie konnte sie jetzt vom Essen reden?

Kaum löste sich ihre Hand von meinem Mund, würgte ich die letzte Spreewaldgurke wieder hoch. Gut, dass es dunkel ist, so bekommt Emilia wenigstens nichts davon mit, dachte ich. Nach der Gurke setzte hysterisches Gekicher ein. Es kam zwar aus meinem Mund, aber kicherte wirklich ich?

Cindy, mit einem Mal wieder nüchtern und schrecklich gelassen, zog mich durchs Treppenhaus hinauf in ihre Wohnung. Ich kicherte. Die Wohnungstür sperrte sie hinter mir doppelt ab. Ich kicherte. Den Schlüssel steckte sie in ihre Hosentasche, ich kicherte. Dann schaute sie mich nachdenklich an und schüttelte langsam den Kopf. Jahre später sah ich einen Juror in einer dieser unsäglichen Talentshows genauso den Kopf schütteln. Keine einzige seiner festgetackerten Haarsträhnen bewegte sich dabei. Genauso war es bei Cindys krausen Locken, deren Gesicht eine Lichtung inmitten krausblättriger Wipfel bildete.

»Hast du was mit den beiden im Keller zu tun?«, fragte sie.

»Nein«, brach es mit einem Schluchzen aus mir heraus. »Es war ein Unfall! Ich habe den Bücherkarton von der anderen Seite zu fest ins Regal geschoben und alles ist gegen die Lattenwand gestoßen, und dann hat das Regal auf seiner Seite angefangen zu wackeln und der Diskus—« Röchelnd holte ich Luft. Atmen war gar keine schlechte Idee.

»So was wäre früher oder später sowieso passiert. Detlef war immer ein bisschen schlampig mit seinen Sachen.« Abwesend rieb Cindy sich das Kinn. »Trotzdem schade um ihn. Wir hatten dieses Wochenende einiges vor. – Ich hole dir ein Glas Wasser. Setz dich schon mal ins Wohnzimmer.«

Ich war so durch den Wind, dass ich um keinen Preis allein bleiben wollte. Wie ein heulender, weil geprügelter Hund schlich hinter ihr in die Küche. Das bescherte mir einen weiteren nachdenklichen Blick ihrerseits.

Jetzt kommt etwas, das man aus mittelmäßigen Tragödien kennt: Zu meinem jämmerlichen Weinen kam unkontrolliertes Zittern. Als ich ihr das Glas abnahm, verschüttete ich mindestens ein Drittel des Wassers. Doch Cindy war so tiefenentspannt, dass sie einen großen Schritt über die Pfütze machte und mich ins Wohnzimmer dirigierte. Dort musste ich mich auf das Sofa setzen und mir von ihr eine Nackenrolle in den Rücken stopfen lassen. Sie ließ sich neben mich fallen, nahm das Tante-Anna-Kissen in den Arm und streichelte gedankenverloren die Ecken.

Eine Weile schwiegen wir gemeinsam. Das Zittern ließ allmählich nach, und auch meine Schluchzer wurden seltener.

»Wahrscheinlich ist Emilia wieder spazieren gegangen«, meinte Cindy unvermittelt. »Dann geht sie zuerst in den Keller, holt Kartoffeln, dann raus auf die Straße, einmal um den Block und wieder nach Hause. Und dann kocht sie, wenn Ursula sie nicht aufhält.«

»Wieso Ursula?«, fragte ich müde. Auf meinen Armen hatte sich kalter Schweiß gebildet. Das war doch ein Anzeichen für einen Schock oder so.

»Emilia wohnt bei ihrer Tochter Ursula, bis ein Platz in dem Seniorenheim frei wird, in das sie schon seit Jahren will.« Cindy schniefte. »Und jetzt hat sie sich selbst von der Warteliste der Residenzia Mir gestrichen. Das wird Ursula den Boden unter den Füßen wegziehen.«

»Aber das war bestimmt auch ein Unfall«, nuschelte ich an meiner zugeschwollenen Nase vorbei. »Wahrscheinlich hat Emilia auch einen Diskus auf den Kopf bekommen.«

»Oder eine Hantel«, stimmte Cindy seufzend zu. »Tja. Jetzt ist Detlefs Unordnung gleich zwei Menschen zum Verhängnis geworden.« Vorsichtig berührte sie meine Hand. »Deshalb wolltest du Hilfe holen, habe ich recht?«

Ich nickte.

»Wolltest es mir gleich sagen, so was ...« Ein ungläubiges Lächeln huschte über ihr erschöpftes Gesicht. »Und wann hattest du vor, mir zu sagen, dass du gekündigt hast?«

Das letzte Zittern erstarb auf halbem Weg vom Rückenmark zu meinen Beinen. Mein Kopf ruckte hoch. Ungläubig starrte ich sie an.

»Die Fahnke hat mich angerufen und gefragt, ob ich auf zwei Urlaubstage verzichte, damit sie nicht allein in der Abteilung ist.« Ihre Augen wurden glasig. »Sie wusste es vom Chef. Aber die dumme kleine Cindy hatte mal wieder keinen Schimmer. Ich dachte, wir sind befreundet, Luca.«

»Ähm«, machte ich verwirrt. »Ja, klar, irgendwie schon. Aber du warst in der Berufsschule und ich wollte das nicht so am Telefon – und überhaupt.«

»Du weißt, was ich für dich empfinde.« Plötzlich schob Cindy ihr Gesicht ganz dicht an meins heran. »Du weißt, dass ich nur darauf gewartet habe, dass du mir sagst, wie gern du mich hast.« Ihr Atem war so klebrig-süß, dass ich fast vergaß, Luft zu holen. »Wir zwei hätten eine Chance verdient, Luca. Aber jetzt ist es sowieso zu spät. Viel zu spät.«

»Aber ich bleibe doch in Bochum«, stieß ich besorgt hervor. »Wir können jederzeit was trinken gehen oder ins Kino oder—«

»Ich will nicht was trinken gehen, ich will mit dir zusammensein, Luca«, knurrte sie und drückte mir ihren Mund aufs Kinn.

Wie ich solche Situationen hasste! Entsetzt ob ihrer Zudringlichkeit sprang ich vom Sofa und brachte den Fliesentisch zwischen uns. Schwankend kam Cindy auf die Beine und umrundete den Tisch. Ihre Hände krallten sich in die Kissenecken, das sie wie einen Schild vor sich herschob.

Meine Beine hatten Besseres zu tun, als mich zu tragen. Beim Zurückweichen stolperte ich über meine eigenen Füße und griff hilfesuchend nach dem Türstock. Cindy reagierte wie eine Kobra: Sie schnellte vor und drückte mir das Kissen aufs Gesicht. Ich fiel. Sie auch, und zwar auf mich.

»Ich wollte mit dir zusammen sein!«, brüllte sie von Sinnen. »Mit dir, verstehst du? Nicht mit Detlef! Immer nur mit dir!« Mit aller Kraft drückte sie mich nach unten. Wegen des Kissens im Gesicht schlug ich blind um mich und traf alles Mögliche, nur nicht Cindy, die unverständlich weiterbrüllte.

Wieder wurde mir die Luft knapp. Mein dringender Wille erstarb, mich unter dem Kissen herauszukämpfen. Wollte meine schmerzenden Arme sinken lassen und ruhig daliegen ... es genießen, nicht mehr krampfhaft nach Luft schnappen zu müssen ... die Stille hinnehmen ... ganz, ganz langsam in die andere Welt hinübergleiten ...

Nein!

Es donnerte. Plötzlich gleißte die Flurfunzel, als hätte jemand eine Hundert-Watt-Birne spendiert. Wie in Zeitlupe sah ich das Tante-Anna-Kissen davonfliegen, weggerissen von meinen eigenen Händen. Knirschend zog der Brustmuskel meinen Brustkorb auseinander. Ich stöhnte vor Schmerz, als ein neuer Atemzug gewaltsam meine Lungenflügel blähte. Gleich würde ich platzen!

Erneut blitzte Cindys Gesicht über mir auf. Ihre großen, kräftigen Hände schossen auf meinen Hals zu, bereit, zuzudrücken. Doch mein wiedererwachter Körper hatte die Nase voll von Agonie und Todessehnsucht. Ohne mein Zutun holten meine dürren Arme aus und schoben, nein, stießen Cindy mit so einer Wucht nach hinten, dass sie regelrecht davonflog. In die Küche. Auf die Pfütze am Boden. Und auf der Seite weiterrutschte. Gegen den Unterschrank.

Ich hatte nicht gewusst, dass die Tür des Unterschranks nur noch an einer Schraube hing. Mit einem beleidigten Ratschen löste sie sich von dem oberen Scharnier und kippte in den Schrank auf die Töpfe. Es krachte zum zweiten Mal, diesmal außerhalb meines Körpers.

Verdattert blieb Cindy liegen. Dass erst die eine, dann die andere Seitenwand des Unterschranks einknickte, bekam sie gar nicht richtig mit. Wohl aber, dass die Arbeitsplatte sich nach vorn neigte. Alles, was darauf stand, geriet ins Rutschen, auch der Sack mit den Urnen darauf. Eine Urne landete auf Cindys Schulter, knallte von dort auf den Boden und platzte auf. Die zweite traf Cindys linke Stirnseite, gefolgt vom Sack. Zum zweiten Mal in dieser Nacht knackte es wie beim Aufprall des Diskus auf Detlefs Kopf.

»Aua«, sagte Cindy unter dem Sack. Sie klang nicht übermäßig verblüfft und schien sich sogar zu entspannen, so wie sie ihre Arme und Beine ausstreckte … Dann sah und roch ich Blut und Urin, aber nur kurz. Beides sickerte gemächlich in Pfützen unter dem Sack hervor.

»Gut gemacht«, knurrte plötzlich Ursula über meinem Kopf. Sie machte einen großen Schritt über mich hinweg, raffte eilig die kleinen, silbrigen Zylinder zusammen, die sich über den Küchenboden verteilt hatten, und stopfte sie zurück in das, was von der zerborstenen Urne übrig war. »Du vergisst ganz schnell, was du hier gesehen hast, kapiert?«, zischte sie.

Mir dämmerte etwas. »Ist das Rauschgift?«

Doch in meinem Kopf schaltete sich einmal mehr das Ich-bin-ein-guter-Bürger-Modul ein. Irgendwann musste man hier mal Ordnung schaffen, und das ging nur mit fremder Hilfe. »Wir müssen den Notarzt rufen«, sagte ich also mit einer Ernsthaftigkeit, mit der auch meine alte Tante Sibylle hätte sprechen können. »Und die Polizei.«

Ursula ruckte herum. »Einen Scheiß müssen wir!«, widersprach sie sehr, sehr wütend.

»Es besteht überhaupt kein Anlass, ausfallend zu werden«, sagte Tante Sibylle an meiner Stelle. Noch ein bisschen wackelig, stand ich auf. Prompt brach mir der Schweiß aus. Ich musste es langsam angehen lassen. »Es hat einen Unfall gegeben, der erkennungsdienstlich behandelt werden muss. Also werde ich den Notarzt und die Polizei rufen. Hast du zufällig ein Telefon in der Wohnung?«

»Keine Polizei!« Ursulas schrille Stimme und ihre Panik, einen Zylinder, Pardon, eine Rauschgiftkapsel zu übersehen, wirkten nicht so, als ob ich sie mit Geduld dazu bringen könnte, die Ordnungshüter zu alarmieren. Na gut.

»Was gedenkst du demnach zu tun?«, ließ ich der kühlen Tante endgültig freie Hand.

»Nichts.« Ursula warf einen letzten prüfenden Blick durch die Küche. »Was ist mit deiner Stimme?«

»Was soll damit sein?« Und was sollte diese Frage ausgerechnet jetzt? Lag da etwa nicht ihre tote Nachbarin in ihrer Küche?

»Also hatte Cindy recht. Du imitierst Stimmen beiderlei Geschlechts und kriegst es nicht mal mit.« Prüfend schraubte sie die intakte Urne auf und griff hinein. Zum Vorschein kamen – natürlich – silbrige Zylinder. »Hat sie dich gefragt, ob du mitmachst?«

»Wobei?« Tante Sibylle trat hinter meiner Verblüffung zurück.

»Bei unserer Sache. Wir könnten jemanden wie dich gut gebrauchen. Und jetzt erst recht, wo Cindy und Detlef – wo wir nur noch zu zweit sind. Das lässt sich gut auf sechs- vier Schultern verteilen, weißt du?«

»Was denn?«, fragte ich ungeduldig. »Der Drogenhandel?«

Anscheinend war sie mit dem Inhalt der anderen Urne zufrieden und schraubte sie wieder zu. »Wenn du mitmachst, teilen wir durch drei, dann ist es fair. Natürlich musst du aus deinem alten Leben aussteigen.«

Es wurde immer merkwürdiger. Erst der tote Detlef, dann die tote Emilia, schließlich noch die tote Cindy. Und jetzt stellte sich heraus, dass Cindy und Ursula im Drogenmilieu mitmischten. Nebenbei entdeckte ich, dass die Fähigkeit, in andere Rollen zu schlüpfen, gar nicht so schlecht war ... Das alles konnte aber auch ein surreales Theaterstück meines überreizten Gehirns sein. Bevor ich mich zu einer Einschätzung durchrang, dachte ich erneut an die silbrige Dauerwelle der Tante, die ich immer ziemlich langweilig gefunden hatte, und sagte: »Also, meine Liebe, ich sehe hier nur zwei Leute, nämlich dich und mich. Und von Drogenhandel und anderen gesetzeswidrigen Tätigkeiten halte ich grundsätzlich nichts. Deshalb werden wir nicht ins Geschäft kommen.« Energisch rückte ich meine Jeans am Hosenbund zurecht. »Aber tu du ruhig, was du für richtig hältst. Ich werde mit dem ersten Zug nach Hause fahren und die Sache vergessen.«

Damit wandte ich mich ab und wollte ins Wohnzimmer, um meine Sachen zu packen. Der kleine schwarze Trommelrevolver, den Ursula plötzlich gegen meine Stirn drückte, hinderte mich daran.

»Hiergeblieben«, sagte sie in bester Räubermanier. »Entweder du machst mit oder du bist tot.«

Ich erstarrte. Gegen diese Drohung kam nicht mal Tante Sibylles Stimme an. Übergenau konnte ich Ursulas Daumen beim Spannen des Hahns zusehen. Das metallische Knacken verfolgt mich noch heute in meinen Träumen.

»Vergiss es«, murmelte ich.

«Nu wot. Paschjol te k tschjortu!"

Schacht

Geistesgegenwärtig ließ ich mich fallen. Es krachte zum dritten Mal in dieser Nacht, gefolgt von einem klebrigen Rinnsal, das außen an der Tür des Flurschranks herunterlief. Hm, lecker, Ananassaft.

Mehr Zeit hatte ich nicht. Aus einer Erinnerung an einen James-Bond-Film heraus trat ich gegen Ursulas Knie, ihre Beine knickten ein, ich sprang auf und floh. Der einzige Ausweg war mal wieder das unbeleuchtete Treppenhaus. Immer zwei Stufen auf einmal nehmend, sprang ich die Stufen hinunter. Mir war bewusst, dass ich Ursulas kleinem Trommelrevolver nur mit viel Glück entkommen würde. – Vier oder fünf Patronen gellten auf meinem Weg nach unten an mir vorbei. Dann wechselte Ursula die Strategie und tat etwas, das ich bis dahin nur im Cyberpunk-Kino vermutet hatte, zum Beispiel bei Blade Runner oder im Terminator. Ich hatte schon fast den Treppenabsatz zum zweiten Stock erreicht, als mir die Stille über mir bewusst wurde. Als ich einen Blick hinaufwarf – irre, was man in stressigen Situationen trotz Dunkelheit erkennen kann!–, kletterte sie gerade über das Geländer, nahm Maß – und sprang. Wie in Zeitlupe flog sie quer durch den Schacht nach unten. Faszinierend, wie sicher sie das Geländer auf Höhe der Treppe zum dritten Stock zu fassen bekam; schmerzhaft, wie laut das Echo des metallenen Gestänges im Treppenhaus widerhallte! Stöhnend zog sie sich am Handlauf hoch und schaute zu mir herunter. Dass ich auf dem Treppenabsatz eingefroren war, wurde mir erst bewusst, als sie mit dem Revolver erneut auf mich zielte.

Ich trat an wie ein Hundert-Meter-Sprinter. Auf der Treppe kam ich mir verteufelt schnell vor. Doch auf dem Treppenabsatz wurde ich zur Schnecke. Ursula hatte zwei endlose Sekunden Zeit, mich ins Visier zu nehmen.

Sie drückte ab.

Hinter mir spritzte der Putz von der Wand, begleitet vom scharfen Schießpulvergeruch. Erschöpft strauchelte ich, fing mich auf der nächsten Treppe, knickte mit beiden Beinen um und rollte in die Tiefe. Zwischen den nächsten zwei Treppen blieb ich auf dem Rücken liegen. Alles und nichts tat mir weh. Mein Tinnitus pfiff, gleichzeitig herrschte um mich akustisches Vakuum. Ich atmete zu schnell und zu tief und bekam trotzdem kaum Sauerstoff in die Lunge.

Schräg über mir bereitete Ursula sich auf den nächsten Sprung vor. Ich war mir darüber bewusst, dass sie es dieses Mal auf meinen Absatz schaffen würde. Sie brauchte sich nicht mal so kräftig abzudrücken wie beim ersten Mal, da sie nicht quer durch den Schacht springen musste, sondern lediglich übers Eck hinunter. Der Höhenunterschied betrug vielleicht vier oder fünf Meter, sodass der Aufprall am Geländer auch nicht so wehtun würde.

Ich muss aufstehen, dachte ich, ohne mich zu rühren, so sehr faszinierte mich Ursula, die sich vorbeugte und sprang. Sie flog genau auf mich zu, den Revolver mit der rechten Hand auf meinen leicht zu treffenden Bauch gerichtet. Vielleicht wollte sie mich im Flug abknallen und sich dann als Siegerin am Geländer entlanghangeln. Düster erinnerte ich mich an Detlefs Hinweis, dass sie bei der NVA als Politoffizier gedient hatte. Ob sie sich gerade einen geheimen

Wunschtraum erfüllte, indem sie einen ehemaligen Klassenfeind um die Ecke brachte?

Noch im Fallen spannte sie den Hahn, bevor der Trommelrevolver von ihrem ausgestreckten Mittelfinger rutschte. Ihr verwunderter Blick folgte der davonstürzenden Waffe. Zerfahren griffen ihre Hände nach dem vorbeisausenden Handlauf zwischen dem ersten und dem zweiten Stock, hart schlugen ihre Finger dagegen. Mehrere ihrer Fingergelenke knirschten beim Aufprall, schlossen sich um die Auflage – zu spät. Ihre Finger glitten ab, Ursula stürzte wie ein Stein vorbei. Tante Sibylles Stimme heulte vor Entsetzen auf. Ich presste die Hände auf meine geschundenen Ohren.

Eine sanfte Erschütterung markierte das Ende von Ursulas Sturz in die Tiefe.

Große Beerbergstraße

Zitternd lehnte ich am Geländer und starrte hinunter auf Ursulas Rücken. Wie ein Seestern am dunklen Meeresgrund lag sie im Untergeschoss. Warum hatte sie nicht die Treppe genommen? Warum hatte sie den Mittelfinger ausgestreckt? Warum war sie jetzt tot? Und Emilia? Und Cindy? Und Detlef?

Links und rechts von ihr zweigten die Gänge zu den Kellerabteilen ab. Die Stille stockte im Treppenhaus wie gärende Milch, aus der irgendwann Käse wird. Nichts bewegte sich, nur die Doppelpunkte auf meiner Casio blinkten stoisch.

2:49.

Mühsam zog ich mich am Handlauf hoch, der Ursulas Finger verraten hatte. Mein Körper bestand aus leisem und lautem Schmerz, doch daran durfte ich jetzt keinen Gedanken verschwenden. Es war nun wirklich allerhöchste Zeit, Hilfe zu holen. Dazu brauchte ich ein Telefon. Irgendwo in diesem verdammten Stadtteil musste die Telekom doch schon ihre Kabel verlegt haben! – Alles war so schrecklich. Und weil ich das nicht mehr allein aushalten wollte, rang ich mich dazu durch, einen der Nachbarn aus dem Bett zu holen. Sollte der auch kein Telefon haben, war ich wenigstens nicht mehr alleine mit den schrecklichen Ereignissen.

Taumelnd wankte ich zur nächsten Wohnungstür und drückte auf den Klingelknopf. Drinnen schrillte es angestaubt. Ich nahm den Finger vom Knopf und wartete. Weiter passierte nichts. Also probierte ich es an der gegenüberliegenden Tür, klingelte, wartete, klingelte ein zweites Mal, vernahm jedoch keine Anzeichen von Leben in der Wohnung, nur meinen eigenen Atem. Das Spiel wiederholte sich im dritten und vierten Stock. Bereits hier ahnte ich, dass ich einen eklatanten Denkfehler machte. Ich kam aber nicht drauf, welchen. – Im fünften Stock klingelte ich nur noch, damit ich dort auch geklingelt hatte, und schlurfte zurück zu Cindys Wohnung. Zum Glück hatte Ursula die Tür offen gelassen. Bereits im Flur wurde ich vom überaus intensiven Linoleum-Geruch empfangen, als wären auch die DDR-Bürger aus dem Zeug hergestellt worden. Natürlich handelte es sich um das fortgesetzte Bemühen meines Gehirns, mich davon abzuhalten, beim Anblick von Cindys Leiche in der Küche vom Balkon zu springen. DDR-Linoleum-Geruch verkraftete man als Wessi einfach besser als die Ausdünstungen eines toten Körpers.

Unter dem Türsturz zur Küche standen die beiden Rauschgift-Urnen, als warteten sie auf den Bus. Pro forma schraubte ich beide auf, schüttelte ein paar der Zylinder in meine Hand pulte die verplombten Kapseln zwischen den Tütchen heraus, die ebenfalls in den Urnen steckten, und überlegte, ob sich darunter vielleicht wirklich menschliche Asche befand. Schließlich war der ganze Besuch inzwischen zur Farce verkommen. Warum sollten also die Urnen nicht auch anderen Zwecken dienen als der Beisetzung? Ich beschloss, dass ich das nicht genauer erforschen wollte. Darum sollten sich die Staatsdiener kümmern. Sobald ich sie mit Hilfe des hoffentlich bald entdeckten Telefonanschlusses über die Ereignisse der letzten Stunden informiert hatte. Notfalls musste ich eben zu Fuß in die Stadt laufen und dort nach einem Telefon suchen.

Draußen zwischen den Wohnblöcken grölte wieder jemand seinen Lebensfrust in die Nacht. »Ruhe, verdammt noch mal! Odr 'sch ruf jetze wirklisch de Bolizei!«, antwortete es prompt. Seltsam, dass der Randalierer auf der Straße mehr Aufmerksamkeit bekam als der Krach, den Detlef, Cindy, Ursula und ich hier veranstaltet hatten. Zumindest die Bewohner der beiden Nachbarwohnungen hätten davon etwas mitkriegen müssen, auch wenn sie den anderen Hauseingang benutzten … Ein Zeitungsartikel über den zunehmenden Leerstand im Osten kam mir in den Sinn. Ostdeutsche verließen nach wie vor ihre Wohnungen in Scharen, um im Westen ihr Glück zu versuchen …

Ich schaltete die Lampen in der Küche und im Wohnzimmer aus. Dann ging ich hinaus auf den Balkon und beugte mich wie vorhin Cindy zur anderen Wohnung hinüber, als sie die Flasche Rosenthaler gegen Bares getauscht hatte. Nebenan war nur noch eine schmale Gasse zur angelehnten Balkontür frei geblieben. Bis zur Höhe des Sichtschutzes war der Balkon mit Säcken und Kisten zugestellt. Manches war zusätzlich in durchsichtige Plastikfolie eingewickelt worden. Was lagerte denn dort, Leichenteile?

Träge schwang die Balkontür zum nachbarlichen Wohnzimmer im Luftzug vor und zurück. Angestrengt spähte ich hinüber. »Hallo? Hört mich jemand?« Ich bekam keine Antwort.

Der Wind drückte die Tür weiter auf. Einen Teppich schien es nicht zu geben, das Wohnzimmer war nicht möbliert – jedenfalls zeichnete sich dort nichts in der Art ab. Verwirrt versuchte ich, in der Dunkelheit zu erkennen, was mit den Balkons im dritten Stock los war, ob sie ebenfalls bis auf eine schmale Gasse zur Balkontür vollgestellt waren.

Tatsächlich. Nichts als Pakete.

Der Gedanke lag nahe, dass es überall im Haus so aussah. Und angenommen, meine Augen trogen mich nicht und das Wohnzimmer nebenan war leer – verhielt es sich so auch in den anderen Wohnungen? Damit wäre das Mysterium der stillen Nachbarschaft vorerst geklärt: Sie existierte schlichtweg nicht. Und die, die bisher hier gehaust hatten, waren zu tot, um weiterhin eine Nachbarschaft zu verkörpern.

An dieser Stelle gab es endlich einen Kurzschluss im Ich-bin-ein-guter-Bürger-Modul. Ein Westbesucher, der mit vier Toten und zwei Urnen voller Rauschgift in einem leer stehenden Plattenbau endete, schrie förmlich nach lebenslanger Gefängnisstrafe für den einzigen Überlebenden. Das war zweifelsohne ich.

Erstaunlich ruhig kehrte ich in Cindys Wohnzimmer zurück. Die Deckenlampe schaltete ich nicht ein, denn auch ohne Licht wusste ich, wo ich meinen unausgepackten Rucksack abgestellt hatte. Ich schulterte ihn und wartete darauf, dass der Gurt beim Aufsetzen eine dramatischere Regung in mir auslöste. In der Literatur konnte das Knacken eines Holzspans immerhin eine sensationelle Wendung bei der Hauptfigur einleiten. Aber ich wartete vergeblich. Das hier war Ostdeutschland, Baby, und nicht Luca Quartermains Abenteuer in den verfallenen Katakomben des Sozialismus'.

Ungewohnt gelassen ging ich in Gedanken die nächsten Punkte durch, die wie auf einer Liste vor meinem inneren Auge aufploppten: Etliche Leute hatten mich zwar heute Nacht draußen auf der Promenade gesehen, aber niemand wusste, wer ich war und woher ich kam. Offensichtlich wohnte hier auch niemand mehr, der mich identifizieren konnte. Cindy wurde erst in zwei Wochen in Bochum zurückerwartet. Somit blieb genug Zeit, um erst mal ein bisschen Gras über die Sache wachsen zu lassen. – Demnach konnte ich in aller Ruhe dieses Gebäude verlassen, mit dem ersten Zug nach Bochum zurückkehren, meine letzten Arbeitstage und den mir zustehenden Resturlaub durchziehen und dann meine neue Stelle in dem mittelständischen Antiquariat antreten. Und wenn eines Tages die Polizei vor meiner Tür stand, würde ich Entsetzen und Hilflosigkeit mimen und alles tun, damit man mich als Tatverdächtigen ausschloss. Ich war nie im Osten gewesen, fertig.

Aber vielleicht, liefen meine Gedanken weiter, kommen auch die vorbei, mit denen Cindy und Ursula wegen der Drogen zu tun hatten. Vielleicht sind sie nicht bereit, Ursula, Cindy und Detlef in Frieden ruhen zu lassen, weil sie für ihren Händlerkreis wichtig waren. Vielleicht glauben sie nicht an vier Unfälle und wollen aus Prinzip Rache nehmen, weil Töten eines ihrer Hobbys ist. Und als ob das nicht gereicht hätte, setzte mein Unterbewusstsein noch eins drauf: Vielleicht finden sie trotz allem heraus, dass du hier warst! Weil Cindy jemandem in Bochum gesagt hat, dass du sie besuchen willst, zum Beispiel der Fahnke. Oder ihren Mitbewohnern, nachdem du sie angerufen hast! Was machst du dann?

Meine neu entdeckte Gelassenheit zerbröselte unter diesen Gedanken. Polternd beschleunigte mein Puls. Keine Ahnung, was ich dann machen sollte. Von ganz allein wurden meine Atemzüge tiefer und schneller, die Wohnzimmerwände rückten näher, mir wurde schlecht wegen des immer dicker werdenden Linoleumgestanks, aber ich brauchte Luft, Luft, Luft!

Verzweifelnd um Atem ringend, ging ich zu Boden. Eine Weile wälzte ich mich dramatisch herum, nährte meine Angst mit den wackelnden Wänden und der auf mich zustürzenden Zimmerdecke, alles verlässlich überlagert von – na? – dem Geruch nach altem Linoleum. Gerettet wurde ich vom blinkenden Doppelpunkt meiner Casio, als ich sie in meiner Verzweiflung fixierte. Und so verrückt es klingt – sie gab mir einen Rat.

3:17 3 17 3:17 3 17 3:17 3 17

HÖR AUF ZU HECHELN DU BLÖDI

Es wirkte. Meine Atemzüge wurden langsamer und oberflächlicher. Ich setzte mich auf und wusste, was zu tun war.

Zerstreut warf ich einen letzten Blick auf Cindys Leiche in der Küche, als ich durch den Flur zu ihrem Schlafzimmer lief, dort ihren Kleiderschrank aufriss und im schwachen Licht der Nachttischlampe Klamotten herauszog. Zu dumm, dass sie das mit meiner Kündigung und dem toten Detlef allein herausgefunden hatte. Nur die eine Sache, die mir persönlich am wichtigsten war, hatte sie nicht entdeckt. Lediglich daran gekratzt hatte sie, weil sie mitbekommen hatte, wie gut ich Stimmen imitieren kann. Ich war sogar ein bisschen stolz, dass sie mich wegen dieser Fähigkeit in ihre Bande hatte aufnehmen wollen. Andererseits war ich erleichtert, dass es nun nicht mehr dazu kam und das nicht nur, weil mir nichts an einer kriminellen Laufbahn lag.

Ich zog ein Teil aus Cindys Wäscheberg und hielt es mir vor die Brust. Ihre knallbunten Oberteile kleideten mich einigermaßen. Auch ihre Hosen passten, wenn ich die Aufschläge herunterkrempelte. Kurz dachte ich darüber nach, auch ihre Schuhe anzuziehen. Aber erstens waren ihre Füße kleiner als meine und zweitens stellte ich fest, dass sie nur das Paar Joggingschuhe besaß, das sie oder vielmehr ihre Leiche derzeit trug. Ich blieb bei meinen ausgelatschten Tretern.

Für weitere Anpassungen benötigte ich mehr Licht und ging ins Badezimmer. Damit kam ich zu dem unangenehmen Teil, der mir seit der Pubertät das Leben nicht unbedingt leichter gemacht hatte. Ab der fünften Klasse nötigte man uns im Biologieunterricht, uns zu einem der beiden gängigen Geschlechter zu bekennen. Für 20 von 21 Schülern und Schülerinnen war das keine große Sache gewesen. Die äußeren Merkmale waren schließlich eindeutig, ob jemand von der Wiege bis zur Bahre Männchen oder Weibchen war. Schüler Nr. 21, also ich, stand am Nachmittag ausgezogen vor dem Spiegel. Rein biologisch betrachtet war für mich sowohl die Zeugung als auch die Austragung eines Babys eine Option. Aber warum musste ich mich überhaupt entscheiden? Damit Marktforscher mir ihr Warenangebot mit dem passenden visuell-sexuellen Reiz unterjubelten?

Dieser Frage widmete ich noch einmal in der 6. Klasse einen Nachmittag. Dann beschloss ich, dass es noch zu früh war, mich festzulegen.

Während des Stimmbruchs entdeckte ich mein Talent, die Stimmen von Radiomoderatoren nachzumachen, habe jedoch nichts damit angestellt. Nur meine schrecklichen Cousinen, die nachmittags heimlich auf dem Balkon ihres Hauses rauchten, wenn ihre Eltern nicht da waren, bekamen von mir zwei oder drei Anrufe mit verstellter Stimme. Darüber hinaus verließ ich mich darauf, dass Schicksal oder Karma mir schon zeigen würden, was ich damit anfangen konnte.

Und dann war da noch die Sache, vor der ich mich selbst fürchtete. Als ich 16 war, begann meine geschlechtliche Unentschiedenheit, seltsame Ausprägungen zu zeigen. Da mein Vorname in der Richtung keine Orientierung bietet, waren meine Gesprächspartner gezwungen, selbst darüber zu entscheiden. Rasch begriff ich, welche Vorteile damit verbunden waren. Wurde ich für männlich gehalten, sprachen ältere Herren mit mir, dem heranwachsenden jungen Mann, auf Augenhöhe. Sah jemand in mir ein Mädchen oder eine junge Frau, bekam ich schneller Unterstützung, zum Beispiel im Matheunterricht. Die Kehrseite der Medaille: Mit 17 drohte mir ein Nachbar in der Midlife-Crisis Prügel an, weil er glaubte, ich junger Kerl wollte ihm die Ehefrau ausspannen. 1990 musste ich in einer Disco einen liebesbedürftigen Mittzwanziger mit der Synchronstimme von Sylvester Stallone in die Flucht schlagen.

Aus dem Badezimmerspiegel starrte mich nun mein unentschlossenes, androgynes Ich in Cindys Klamotten an. Immer wieder hatte ich mich mit dem Gedanken beschäftigt, bewusst das Aussehen eines Fremden anzunehmen und auszuprobieren, ob es funktionierte. Nicht erst seit dem Schweigen der Lämmer war es für mich eine ekelige Vorstellung, sprichwörtlich eine fremde Haut überzustreifen. Doch jetzt musste ich wenigstens zu Cindys grobem Abbild werden, um unerkannt aus dieser irrwitzigen Geschichte herauszukommen. Ich verwuschelte und verfilzte das lange Oberhaar meines ausgewachsenen Bobs, bis er fast so kraus vom Kopf abstand wie Cindys Locken. Mit ihrem Schminkzeug aus dem Badezimmerschränkchen zeichnete ich eher schlecht als recht meine Augenpartie nach, um sie weicher erscheinen zu lassen. Das reichte hoffentlich, solang es dunkel war.

Aus reiner Neugier schaute ich noch in ihr Portemonnaie, das im Flur vor dem Schrank lag. Darin fand ich gleich drei Personalausweise mit ihrem Foto. Demnach hieß Cindy unter anderem Sandra und Gabriele und war wahlweise in Buxtehude, Kaiserslautern und West-Berlin geboren, also keinesfalls eine Ostpflanze. Außerdem hatte jede ihrer Identitäten einen Notfallausweis mit Angabe der gleichen Blutgruppe und einer Allergie gegen Nüsse. Der Einfachheit halber steckte ich ihr Portemonnaie mit dreihundert D-Mark Bargeld und allen Ausweisen ein. Falls ich in eine Kontrolle geriet, konnte ich mich wenigstens ausweisen. Trotzdem hoffte ich, ohne weitere Zwischenfälle zum Bahnhof zu kommen. Und dann?

Sobald ich wieder in Bochum war, hatte ich zwei Wochen Zeit, herausfinden, ob jemand von meinem Wochenende bei Cindy wusste. So lange dauerte ihr offizieller Urlaub. Falls niemand etwas mitbekommen hatte, war ich aus dem Schneider. Falls doch, musste ich mir etwas einfallen lassen. Beschwingt griff ich nach der Klinke der Wohnungstür, zog sie auf und—

Wie angewurzelt blieb ich auf der Schwelle stehen. Meine Beine versagten mir den Dienst, indem sie sich einfach nicht mehr weiterbewegten. Sie wollten genauso wenig ins dunkle Treppenhaus wie ich. Denn ganz unten lagen drei Leichen. Lustig, dass mich im Gegensatz dazu die tote Cindy in der Küche kaum störte.

Sorgfältig schloss ich die Wohnungstür wieder und marschierte auf den Balkon. Mit ungekannter Todesverachtung schwang ich mich über die Brüstung auf den Nachbarbalkon des angrenzenden Hauses. Drauf gepfiffen, ob mich dabei jemand beobachtete! Ich durchquerte die dunkle und tatsächlich leere Wohnung, klinkte ohne Probleme die Wohnungstür auf, lief durch das andere, ebenfalls dunkle Treppenhaus hinunter ins Erdgeschoss, öffnete ohne Schwierigkeiten die Haustür und stand wieder auf der Promenade. Tief atmete ich die warme Augustnacht ein. Was mir Stunden vorher noch stickig und klebrig vorgekommen war, bedeutete nun grenzenlose Freiheit. Okay, meine Euphorie war dem einsetzenden Adrenalinrausch geschuldet, aber die hatte ich mir auch verdient, nicht wahr? – 3:49 zeigte meine Casio. Ich nickte ihr zu und ging entschlossen los. Mir konnte keiner was!

Kaum hatte ich das inzwischen schlafende Wohngebiet verlassen, widmete ich mich staunend der nächtlichen Landschaft. Frisch und munter eilte ich die lang gezogene Straßenkurve den Berg hinunter und feierte, was ich erblickte: Was unter der Sonne wie ein nicht wiedergutzumachendes Verbrechen an der Natur ausgesehen hatte, entpuppte sich in der dunklen Bergstille als Flickenteppich zwischen wucherndem Gestrüpp und frechen Jungbirken. Hier pfiff die Natur auf die Betonburgen und die verfallenen Schieferhäuschen, die die mit Schlaglöchern übersäten Straßen säumten. Sie holte sich den Raum zurück, den die Menschen ihr entrissen hatten. Mochte die Vergangenheit noch so zerstörerisch gewesen sein, die geschlagenen Wunden würden heilen. War das nicht ein wunderbares Vorzeichen für einen Neuanfang?

Sirrendes Motorengeräusch näherte sich von hinten. In meiner Versunkenheit kümmerte ich mich erst darum, als es unüberhörbar neben mir dröhnte. Ein Militärjeep mit den Resten eines aufgeklebten roten Sterns auf der Tür bremste und fuhr im Schritttempo neben mir her. Der blonde Uniformierte mit der grotesk großen Schirmmütze und den winzigen Grübchen auf den Wangen beugte sich über den Beifahrersitz. »Junge Dame, soll ich Sie in die Stadt mitnehmen?«, fragte er in schönstem Hochdeutsch, nachdem er das Fenster heruntergekurbelt hatte. Erleichtert, dass meine Tarnung funktionierte, antwortete ich selbstbewusst: »Vielen Dank, aber ich laufe lieber!«, und wurde schneller. Bis ins Tal mit der schlummernden Stadt und dem gammeligen Bahnhof war es nicht mehr weit. Von dort würde mich der erste Zug hoffentlich bald in mein altes Leben zurückbringen.

»Ich an deiner Stelle würde mir das gut überlegen«, erklang eine bekannte Stimme aus dem hinteren Bereich des Wagens.

Erschrocken blieb ich stehen. Neben mir bremste der Jeep.

Etwas knackte in der Hand des Soldaten und richtete sich auf mich. Ich blickte in die Mündung eines Trommelrevolvers, der mir erschreckend bekannt vorkam. Er hatte den Sturz durchs Treppenhaus erstaunlich gut überstanden. Nun krümmte sich der Zeigefinger des Soldaten vorschriftsmäßig um den Abzug. »Einsteigen«, sagte er. Die Beifahrertür schwang auf. Ich hatte keine andere Wahl, als zu gehorchen.

Roulette

»Fast hätte ich dich mit Cindy verwechselt«, schnarrte Ursula auf dem Rücksitz. Sie hatte dem Soldaten den Revolver abgenommen und drückte ihn gegen meinen Hinterkopf. »Hast sogar mit ihrer Stimme gesprochen. Musst mir bei Gelegenheit mal erklären, wie du das machst.« Neben ihr auf der Rückbank ruhten die beiden Urnen.

Die Zeiger der Uhr im Armaturenbrett standen auf kurz nach vier Uhr morgens. Trotz der Dunkelheit hatte ich im Rückspiegel gute Sicht auf Ursulas blau angeschwollene Nase und den bandagierten Kopf. Auch das rechte Ohr und das Auge hatte jemand mit einem dicken Verband abgedeckt. Ein Wunder, dass sie überhaupt lebte.

»Es ist ein Wunder, dass ich lebe«, sekundierte sie, ohne es zu wissen, meine Gedanken. »Laut Semjon hätte ich mir beim Aufprall ein paar Wirbel brechen müssen. Habe ich aber nicht.« Zufrieden nickte sie dem Soldaten im Rückspiegel zu.

»Du hast zu deinem Dachschaden mindestens noch einen Schädelbasisbruch dazubekommen«, sagte Semjon.

»Danke, Genosse Sanitäter zur See, aber ich habe nicht vor, schon heute zu sterben. – Bieg an der Ampel links ab.«

»Sowieso.« Ohne sich darum zu kümmern, ob es Gegenverkehr gab, zog er auf die Querstraße hinüber. Hinter dem Jeep quietschten Bremsen.

Wir ratterten die lange Straße an den drei Hochhäusern im Stadtzentrum vorbei. Die mitgenommenen Schieferhäuser entlang der Kurve ließen wir rechts liegen, ebenso die Abzweigung zum Bahnhof, wo fast keine Straßenlaterne brannte. Das alles hätte mich beunruhigen sollen. Doch mein Kopf hielt eine neue Panikattacke nach so viel Mist für übertrieben. »Wohin fahren wir?«, fragte ich.

»Du hast zwei meiner Kompagnons und meine Matschecha getötet. Aber das Schicksal will wohl nicht, dass ich deshalb an dir Rache nehme.« Ursula deutete auf ihren Kopfverband. »Deshalb werden wir das Schicksal gemeinsam herausfordern. An einem Ort, wo so viele Schicksale entschieden wurden, dass—« Sie hickste, als hätte sie plötzlich Schluckauf.

»Das mit deiner Mutter tut mir leid«, sagte ich betrübt.

»Emilia war meine Stiefmutter«, korrigierte Ursula mich sanft. »Meine biologische Mutter kenne ich nicht. Sie hat mich nach meiner Geburt auf der Schwelle eines Ost-Berliner Kinderheims abgelegt und ist im Novembernebel verschwunden.« Semjon prustete los. »Mann, ist das schlecht! Verkaufst du das als deine aktuelle Lebensgeschichte?« Der Jeep schlingerte.

Ursula winkte ab. »Ich denke nicht, dass Luca noch irgendjemandem von mir erzählen wird.«

Jetzt wurde ich doch kribbelig. Innerlich wie äußerlich Halt suchend, tastete ich die Tür nach etwas ab, an dem ich mich festhalten konnte. Inzwischen befanden wir uns auf einer Umgehungsstraße. Sie führte in einer Kurve bergauf um die Stadt und den Berg herum. Links standen Häuser, rechts ging es ohne Leitplanken ins ungerodete, waldige Gestrüpp abwärts. Zwar nicht besonders tief, aber steil.

»Und wohin fahren wir nun?«, wiederholte ich nervös.

»Zu meiner ehemaligen Wirkungsstätte«, sagte Ursula so feierlich, dass es mir kalt den Rücken hinunterlief. »Wir werden dir zeigen, was wir in der OHS mit Leuten wie dir gemacht haben.«

»Sie meint die ehemalige Offiziershochschule auf dem Friedberg«, übersetzte Semjon. »Aber ganz so dick solltest du trotzdem nicht auftragen, Ursel. Das Schicksal habt ihr dort nämlich nie herausgefordert.«

»Offiziell gab es nur die üblichen Rituale«, räumte Ursula ein. »Aber wir hatten auch eine Spezialbehandlung für besondere Fälle.«

Der Jeep rollte durch ein Schlagloch. Der Revolverlauf stieß gegen meinen Hinterkopf. Mir brach der Schweiß aus. Wenn das entsicherte Ding plötzlich losging!

Beiläufig deutete Semjon aus dem Fenster. »Links kommt übrigens das Kreiskrankenhaus. Falls du doch noch in die Notaufnahme willst, Ursel.«

»Gib Gas«, kommandierte sie stur.

Zügig surrten wir an einer postsozialistischen, grauen Burg aus Platten, Baugerüsten und Planen vorbei. Der Jeep machte einen kleinen, eleganten Hüpfer über die Hügelkuppe und sauste schwungvoll in die nächste Senke. Augenblicklich tat sich vor uns der schwarze Schlund des Thüringer Waldes auf. Bäume. Überall riesige, finstere Bäume! Dort, wo die Straßenlaternen bereits aufgegeben hatten, verschluckte uns monströse Schwärze, die Scheinwerfer des Jeeps kamen kaum dagegen an. (Diese Strecke hätte als Vorlage für Chris Reas »Road To Hell« dienen können. Aber der Song wurde im Oktober 1989 veröffentlicht und die Grenzen waren erst im November aufgegangen. Es war also nicht einmal der Versuch möglich gewesen, Inspiration zwischen diesen Tannen zu finden.)

»Fahr mehr in der Mitte«, warnte Ursula Semjon, kurz bevor die Scheinwerfer flackerten und erloschen. Zwanzig, dreißig Meter rauschten wir durch tiefste Waldfinsternis. Plötzlich riss der Saum der Bäume auf. Die ersten Strahlen des Sonnenaufgangs tröpfelten über die fernen Bergkuppen, ein Anblick, bei dem ich mich gern ein wenig entspannt hätte. Verhindert wurde mein Ansinnen jedoch dadurch, dass der Jeep in einem 90-Grad-Winkel vom Straßenbankett rutschte und auf den Abgrund zuschoss. In Zeitlupe. Ohne Ton.

»Semjooon!«, brüllte Ursula entsetzt.

»Warschaaau!« Grölend riss Semjon das Steuer herum. Der Jeep schleuderte über Schotter, auf dem sich vielleicht in grauer DDR-Zeit eine Straße befunden hatte. Nur Millimeter rutschten die Hinterreifen am Abgrund vorbei, drehten durch, als Semjon Gas gab, und katapultierten uns auf den Asphalt zurück.

»Das Schicksal will uns noch nicht richten!«, schrie Semjon wie von Sinnen.

»Fresse!«, schrie Ursula und schlug mir den Revolver gegen den Schädel. Ich hatte doch gar nichts gesagt!

»Du kreischst wie ein Mädchen«, klärte Semjon mich netterweise auf. »Ursel, ich glaube, er hat genug. Wir sollten lieber mit dir ins Krankenhaus fahren.« Er schlug ein paar Male gegen das Armaturenbrett, die Scheinwerfer leuchteten wieder auf.

Doch Ursula war nicht mehr von ihrem Plan abzubringen. »Wir fahren zum Friedberg. Dort sehen wir ja, wer von uns beiden weiterleben darf!«

»Und wo sollen wir ihn hinterher verscharren, hä? Hast du darüber schon nachgedacht?«

»Da findet sich schon ein Plätzchen.«

So ging es noch ein paar Minuten hin und her, bis Semjon vor einem lang gestreckten Plattenbau bremste. Die Sonne hatte zügig die Linie der fernen Berge überschritten und warf einen verheißungsvollen Lichtstreifen auf den neuen Tag. Taumelnd stieg ich aus (»Wehe, du schreist. Ringsum schlafen noch alle! Und lass um Himmels willen die Hände unten, es muss echt keiner mitkriegen, dass ein Revolver auf deine Nieren zielt!«) und ließ mich von Ursula auf einen Kellerabgang zuschubsen.

»Runter da«, kommandierte sie scharf. Ihre ganze Ausbildung zum Politoffizier schien sich in diesen beiden Wörtern zu manifestieren.

Die Stufen waren maroder als auf dem Ziegenberg. Absurd langsam tastete ich mich hinunter, um Zeit zu schinden. So zögerte ich meine sehr wahrscheinlich bald stattfindende Exekution nur unnötig hinaus. Ursula äußerte jedoch keine Einwände. Sie war selbst nicht ganz sicher auf den Beinen, kein Wunder nach dem Sturz.

Vor der angelehnten Kellertür drehte sie sich zu Semjon um. Breitbeinig stand er auf dem oberen Absatz und rührte sich nicht.

»Was ist?«, fragte sie unwirsch.

Mit einem raschen Antippen schob er seine Armistenmütze in den Nacken. »Wenn ich mitgehe, gelte ich in eurer schönen BRD als Mitwisser und kann verurteilt werden. Hier ist doch das Militär nichts wert, schon gar nicht die Rote Armee.«

»Feigling.« Mit dem Revolver deutete Ursula auf die offene Kellertür. »Vorwärts! Da rein.« Gehorsam schob ich die Tür auf und betrat bekannte, nach Linoleum stinkende Dunkelheit.

»Ach ja, und könntest du dich ein wenig beeilen?«, rief Semjon. »Ich muss um sechs beim Morgenappell sein.«

Ursula lachte schäbig. »Aber klar, Genosse Soldat. Ich würde doch niemals etwas tun, was deine Abschlussbelobigung im letzten Augenblick noch gefährdet!«

»Bolsche spasibo!«, blaffte Semjon uns hinterher.

Wir gingen nicht weit. Ursula dirigierte mich unsanft in einen Trockenraum mit verschimmelten Wänden, wo mehrere Wäscheschleudern vor sich hinrotteten. Der Boden war übersät mit Flecken. Im zunehmenden Licht hätte ich mir den farblichen Querschnitt der DDR-Vergangenheit zu Gemüte führen können, wären da nicht Ursula und ihr blöder Revolver gewesen. Und der gänzlich unbekannte Geruch, der das DDR-Linoleum ablöste.

Ohne den Blick des unverbundenen Auges von mir zu nehmen, zog Ursula eine handtellergroße Schachtel aus ihrer kleinen Feldtasche, die mir bisher nicht aufgefallen war. Mit einem Schlenker der rechten Hand ließ sie die Revolvertrommel aufschnappen. Gleichzeitig zog sie mit der Linken etwas kleines aus der Schachtel, prüfte die Kammern und steckte es in die Trommel. Ein zweiter Schlenker mit der Rechten und die Trommel rastete wieder ein. Die Schachtel verschwand in der Feldtasche. Mit der freien Linken ließ Ursula die Trommel rotieren. »Ammoniak, Hämoglobin, Kot, Tränenflüssigkeit«, sagte sie feierlich. »Das ist der Geruch der OHS. Willkommen in unserem Lektionskeller!«

Natürlich wollte sie, dass ich Angst bekam. Ich bemühte mich redlich darum, sie zufriedenzustellen, um das ganze

Theater abzukürzen, damit ich wenigstens den zweiten Zug nach Hause erreichte. Aber innerlich war bei mir einfach nichts mehr zu holen. Ich war todmüde und die Lust auf Abenteuer, sollte ich sie jemals verspürt haben, komplett verpufft.

»Sicher hast du schon mal von russischem Roulette gehört.« Ursulas Hand, die den Revolver hielt, zuckte. Eine Folge des Sturzes? »Dieses Spiel lehrt dich Demut, Wessi. Demut! Und deshalb spielen wir es jetzt.«

Wieder ließ sie die Trommel rotieren, zog den Hahn mit dem Daumen zurück, setzte sich spielerisch den Revolver an die freie Schläfe und drückte ab. Es klickte grässlich. Weiter passierte nichts.

»Jetzt du.«

Wie gebannt starrte ich auf den speckigen Revolvergriff. »Wie?«, fragte ich blöd.

»Entsichern, abdrücken, fertig.« Auffordernd hob sie den Revolver höher.

»Ich habe das noch nie gemacht«, stammelte ich, was ihren abschätzigen Blick zur Folge hatte.

»Sieht man«, bestätigte sie. »Und jetzt nimm endlich!«

Aller Vernunft zum Trotz quoll plötzlich der Geruch von DDR-Linoleum aus allen Rissen und Ecken des verrotteten Kellers. Mein Unterbewusstsein versuchte mit aller Macht, mich in Sicherheit zu wiegen. Ein bisschen zum Lachen war das schon.

»So forderst du also das Schicksal heraus?«, fragte ich vorsichtig. »Indem du auf Russenmafia machst?«

»Auch die amerikanische Mafia spielt dieses Spiel, Wessi«, belehrte Ursula mich. »In der UdSSR nennt man es übrigens amerikanisches Roulette.« Ihr Grinsen geriet schief. Dieses Mal zitterte ihre freie Hand, die linke.

»Ich kenne keine offizielle Ami-Mafia, nur die Cosa Nostra«, redete ich weiter, um Zeit zu schinden. »Al Capone und so, kennst du bestimmt. Der wurde wegen Steuerhinterziehung—«

»Nimm den scheiß Revolver!«, brüllte sie mit überschlagender Stimme.

Erschrocken griff ich danach, entsicherte ihn, presste ihn an meine Schläfe, drückte ab. Das Klicken ging mir durch und durch. Dann brach mir der Schweiß in Strömen aus. Ich war innerlich also noch nicht ganz tot!

Lange schaute Ursula mich mit einem Auge an — so lange, dass die Sonne schon Fensterrechtecke auf den Boden des Kellerraums zeichnete. Dann nahm Ursula mir den Revolver wieder ab, führte ihn zum Kopf. Drückte den Abzug durch.

Es klickte.

»Das war Nummer vier«, sagte sie bedächtig.

Aus den Tiefen meines Gehirns stieg die Information auf, dass die Revolver in Spaghetti-Western sechs Patronenkammern gehabt hatten. Stimmte das? Hatte sich daran in der Zwischenzeit etwas geändert? Und war das da überhaupt ein Westernrevolver oder einer aus NVA-Beständen?

»Ich sehe, dass du anfängst, nachzudenken«, mischte sich Ursula in mein Schweigen ein. »Gut so. Denk nur nicht zu viel, sonst werde ich ungeduldig und erschieße dich einfach so.«

»D-du wolltest doch das Schicksal entscheiden l-lassen«, stotterte ich schwach.

Ursula zuckte mit den Schultern. »Das ist dann auch eine Art Schicksal. Erschossen, weil zu tranig. Tja.« Schwerfällig taumelte sie nach hinten. Das Schulterzucken hatte ihr nicht gutgetan.

»Nimm«, sagte sie mit Grabesstimme.

Im Hintergrund übernahm mein Herz the beat of the moment. In meinen Ohren dröhnte die Bass Drum meines Pulses wie noch nie. Falls ich richtig lag und die Trommel wirklich sechs Kammern enthielt, von denen vier bereits am Hahn vorbeirotiert waren – warteten noch zwei Kammern auf den Abschuss. In einer davon steckte eine echte Patrone. Mit Leichtigkeit würde sie meinen Schädel durchschlagen und eine Schneise in mein Gehirn fräsen, dann hoffentlich tödlich, auf jeden Fall irreparabel.

»Nein«, sagte ich, ungeachtet der Tatsache, dass sie den Revolver noch in der Hand hatte.

Ursula schmunzelte. »Angst?«

Ich rührte mich nicht.

Seufzend schüttelte sie den Kopf. Auch das tat ihr nicht gut. Sie schwankte schwer, stolperte quer durch den Raum und einmal um mich herum. Nach Luft ringend, lehnte sie sich an eine der verrottenden Wäscheschleudern und streckte mir den Revolver hin. Mit der anderen holte sie eine zweite Faustfeuerwaffe aus ihrer Feldtasche.

»Nimm, du Idiot«, wiederholte sie nachdrücklich, »bevor ich dich hiermit erschieße. Das ist deine Chance!«

Meine Knie zitterten heftig, als ich auf Ursula zuging. Es war ein Wunder, wie aufrecht ich mich trotzdem hielt. Mit glitschigen Fingern nahm ihr ihr den Revolver ab. Er wog jetzt Tonnen, ich bekam ihn kaum hoch. Noch zwei Kammern, noch zwei Kammern, dachte ich in einem fort, in einer davon eine Patrone, in der anderen – Freiheit? Nein. Ursula würde mich mit der anderen Waffe aus dem Weg räumen, so viel stand fest.

Zutiefst verstört setzte ich den Lauf an mein Schläfenbein. Schloss die Augen. Öffnete sie wieder, weil die Welt hinter meinen Lidern trunken vor Entsetzen kreiselte. Fixierte Ursulas geschwollene Nase, aus der sich etwas Rotes abseilte.

»Drück. Endlich. Ab.«

Ihre stockenden Worte rüttelten mich auf. Der Verband an ihrem Ohr verfärbte sich, ein dunkles Rinnsal lief die Falte über ihrer Oberlippe hinunter. Ursulas Unterkiefer sackte nach unten. Blutige Bläschen bildeten sich in ihren Mundwinkeln. Der Linoleum-Geruch wurde unerträglich. Alles in mir schrie danach, dem Ganzen ein Ende zu setzen. Automatisch krümmte sich mein Finger um den Abzug. Unaufhaltsam saugte das schwarze Loch, das sich in mir auftat, den kleinen Hebel ein, um den Hammer auf die Kammer schlagen lassen …

»Ich will ja nicht drängeln, aber ihr solltet echt langsam fertig werd–«

Mein Kopf flog herum. Wie in Zeitlupe kroch die Patrone aus dem qualmenden Lauf, flog genau auf Semjon im Türrahmen zu. Instinktiv ließ er sich fallen und riss die Tür ins Schloss. Dumpf knallte die Tür gegen den Türstock.

Splitternd zerbarst die Sperrholztür zum Trockenkeller.

Ursulas linke Gesichtshälfte lächelte verzerrt, als fände sie diese Slapstick-Einlage amüsant. Der rechte Mundwinkel zog nach unten. Krampfwellen schüttelten die roten Bläschen vom Kinn auf ihre Brust und besprenkelten ihre khakifarbene

Bluse. Dann fiel sie um. Ein Schuss löste sich aus ihrem zweiten Revolver und jagte die Patrone in eine Wäscheschleuder. Ungläubig hob Ursula den Revolver vor ihr freies Auge.

Unwillkürlich schlang ich die Arme um meinen Kopf und betätigte wohl noch mal den Abzug. Es krachte. Mörtel rieselte aus der Decke.

Nun gänzlich von Sinnen, schleuderte ich den Revolver von mir, nur um ihn ungewollt ein drittes Mal abzufeuern, dieses Mal in einen verrosteten Toplader. Wie viele Patronen waren denn noch in diesem verdammten Ding?!

Ursula in ihrer Ecke hickste ein, zweimal, dann fiel ihre Hand mit dem Revolver auf ihre Brust.

Still lag sie da.

Endlich.

Erst, als Krachen, Prasseln und Splittern auch in meinen Ohren verebbt waren, wagte ich, die Arme herunterzunehmen. Die Sperrholztür gab es nicht mehr. Die Patrone, die nicht in meinem Gehirn gelandet war, hatte sie komplett zerstört. Im Türrahmen gähnte das Halbdunkel eines Kellers, den ich so schnell wie möglich verlassen wollte. Und zwar jetzt!

Nur zur Sicherheit fragte ich: »H-hallo? Semjon?Lebst du noch?«

Sein Kopf, diesmal ohne den riesigen Tellerhut, schob sich vorsichtig in den leeren Türstock. »Nicht schießen«, sagte er. Statt einer Antwort hob ich meine leeren Hände.

»Ist sie tot?«, fragte er mit Blick auf Ursula.

»Wahrscheinlich.«

»Wir müssen sie begraben. Sonst sucht sie uns in unseren Träumen heim.«

»Eigentlich muss ich zum Bahnhof.«

Langsam kam Semjon auf die Beine. »Was?«

»Bahnhof«, wiederholte ich. »Ich will den Zug nach Kassel erwischen.«

»Kassel?« Kopfschüttelnd musterte Semjon mich. »Willst du etwa weglaufen?«

»Nein, ich will nur—« Ich brach ab. Natürlich lief ich weg. »Kommen wir irgendwie aus der Sache raus, ohne dass die Justiz auf uns aufmerksam wird?«

Semjons Kopf kam zur Ruhe. Stattdessen verschränkte er die Arme vor der Brust. Er grinste nicht. Er lächelte nicht mal. »Ich schon.« Er legte den Kopf schief. »Bei dir bin ich mir nicht ganz so sicher.«

»Warum?«, fragte ich misstrauisch.

Doch erst einmal sagte er eine ganze Weile nichts, sondern beugte sich über Ursulas Leichnam. Zwischendurch murmelte er etwas von Notaufnahme und Krankenhaus und: »Verdammt uneinsichtiges Weibsstück.« Dann musterte er mich erneut enervierend ausgiebig.

»Wenn du mir hilfst, sie zu begraben, dann helfe ich dir, deine Spuren zu verwischen. Und zwar so, dass dir niemand mehr auf die Schliche kommt. Abgemacht?« Er hielt mir seine rechte Hand hin.

Ich ignorierte sie. »Erst will ich wissen, was du vorhast.«

»Erst hilfst du mir, Ursula zu begraben. Und zwar dort, wo sie am liebsten war.«

»Dann gehe ich zu Fuß zum Bahnhof.« Ich schickte mich an, den Trockenkeller zu verlassen.

»Nein, Genosse.«

Das inzwischen bekannte Knacken erklang in meinem Rücken. Resigniert blieb ich stehen. Wieso hatte hier eigentlich jeder außer mir eine Waffe im Hosenbund? »Ehrlich gesagt geht mir das Rote-Armee-Getue mächtig auf den Sack«, sagte ich, ohne mich umzudrehen. »Und überhaupt will ich keine Leiche anfassen.«

»Verstehe ich«, pflichtete Semjon mir bei. »Aber wir können sie nicht hier liegenlassen.«

»Wieso nicht? Das Gebäude sieht nicht so aus, als würde hier noch jemand wohnen.«

»Es geht um ihre Seele«, sagte Semjon ungewöhnlich sanft.

Das waren ja ganz neue Töne! Beiläufig schaute ich auf meine Casio. 4:34. »Du sagtest vorhin etwas von Morgenappell«, erinnerte ich ihn.

Nach einigem Hin und Her willigte Semjon schließlich ein, Ursulas Leichnam aufzubahren. Die Zeit drängte, wir mussten mit dem Vorlieb nehmen, was da war. Auf die zusammengeschobenen Wäscheschleudern legten wir die Tür des benachbarten Kellerraums und deckten sie mit einem aufgerissenen Plastiksack ab. Nachdem wir den toten Körper auf das Brett gewuchtet hatten, sprach Semjon ein paar russische Worte und bekreuzigte sich. Der Klang erinnerte mich an die Situation im Treppenhausschacht.

»War das ein Gebet?«, fragte ich.

Semjon lachte. »Kommt drauf an, an welchen Gott du glaubst.« ,Paschjol te k tschjortu!' heißt ,Fahr zur Hölle!'«

Wider Erwarten löste sein Gelächter in mir Betroffenheit aus, obwohl ich alles andere als religiös war. »Hoffentlich findet man sie, bevor die wilden Hunde kommen«, fügte ich leise hinzu.

»Hier laufen die wilden Hunde auf zwei Beinen«, knurrte Semjon.

Zwanzig Minuten später fuhr der Jeep wieder auf die Umgehungsstraße Richtung Innenstadt auf.

»Und wie geht's jetzt weiter?«, fragte ich beiläufig.

»Wie wir es besprochen haben«, meinte Semjon. »Ich helfe dir, deine Spuren zu verwischen.«

Allmählich wurde ich doch ungeduldig. »Klar, aber wie?«

»Ich nehme dich mit nach Hause.« Sein grimmiger Blick traf meinen entgeisterten im Rückspiegel.

»Was? Wo soll das sein?«, fragte ich, obwohl die Antwort so klar auf der Hand lag, dass es schmerzte.

»Mütterchen Russland freut sich über jedes ihrer Kinder, das seinen Weg zu ihr findet und einen Freund mitbringt«, sprach Semjon mit Grabesstimme.

»Du spinnst doch!«

Doch Semjon blieb dabei. »Das ist der einzige Weg, deine Spuren zu verwischen. – Ich werde heute mit dem ersten Transport von Meiningen nach Moskau zurückkehren. Damit bin ich in Sicherheit. Wenn du hier bleibst, wird die Polizei dich irgendwann festnehmen. Also nehme ich dich mit, bevor du im Gefängnis landest.«

»Quatsch! Wenn ich der Polizei erkläre, wie das alles passiert ist, werde ich auch nicht verurteilt«, meinte ich trotzig.

Darauf erwiderte Semjon nichts mehr. Na also, ging doch!

Zufrieden lehnte ich mich zurück. Doch bevor ich mich auch nur ansatzweise entspannen konnte, traf mich etwas Hartes am Kopf, und die gerade erst aufgegangene Sonne ging wieder unter.

Im Nichts

Das erste Mal erwachte ich in duftend-baumiger Waldatmosphäre. Laut wie die Hölle, aber duftend. Und stickig. Und
finster. (Bis auf zwei ausgefranste graue Flecken über meinem
Kopf.) Und hart.

Ja, hart war sie auch, die Unterlage.

Überall.

Ich blinzelte und wunderte mich, wie finster es nachts in
Thüringen werden konnte. War der Strom ausgefallen? Auch
der Rosenthaler wirkte noch nach; der ungewohnte Restalko-
hol im Blut ließ mich schwitzen wie ein Schwein. Wenigstens war das Schlingern, mit dem mein gestörter Gleichge-
wichtssinn meinen destabilisierten Kreislauf signalisierte,
nicht nur laut, sondern auch rhythmisch. Rattatatt, rattatatt,
rattatatt, fast wie bei einer Zugfahrt ... Das Stirnrunzeln bereitete mir Kopfschmerzen. Ich konnte mich gar nicht daran
erinnern, in einen Zug eingestiegen zu sein.

Benebelt richtete ich mich auf und stieß mit der Stirn gegen
etwas, das sich wie ein sehr grob gehobeltes Brett anfühlte.
Splitter spießten sich in meinen Haaransatz. Ich sank zurück.

Das nächste »Rattatatt« endete mit einer Erinnerung: Ein
Schuss jaulte durch meinen Schädel und schlug in meiner linken Schläfe ein. Blut, Entsetzen, dann begann die visuelle
Wiedergabe meines ganz persönlichen Horrorfilms. Darin
spielte eine große Spritze die Hauptrolle, die aus einem
schlechten Anti-Kommunismus-Propagandafilm hätte stammen können. Begleitet vom dumpfen Brummeln eines Solda-
tenchors injizierte mir die Spritze etwas in den linken Oberschenkel. Prompt setzte Schmerz im linken Knie ein. »Geht

nicht anders«, sagte der schlaksige Soldat unter dem roten Stern auf der viel zu großen Tellermütze. Dann verschmolz das Bild mit der Dunkelheit.

Automatisch fingen meine verschwitzten Hände an, alles abzutasten. Relativ rasch fanden sie heraus, dass es hier mehrere grob gehobelte Bretter gab: links, rechts, oben und unten, je ein weiteres über meinem Kopf und unter meinen Füßen. Allzu sehr strecken musste ich mich nicht, um das herauszufinden.

Rattatatt, rattatatt, rattatatt.

Stickige Waldatmosphäre. Von wegen! Wahrscheinlich waren die zwei grauen Flecken über mir Luftlöcher, rasch ins Holz gebohrt von dem Tellermützensoldaten, der mich hier eingedost hatte! Wie war noch mal sein Name?

Die dumpfe Ahnung erfasste mich, dass ich mich tatsächlich in einer grob gezimmerten Kiste befand, die sich, rattatatt, in einem Waggon auf Schienen bewegte. Nur eben nicht im Passagierbereich, sondern im Frachtwaggon.

Zeit für Panik!

Erst später kam mir der Gedanke, wie dumm es gewesen war, so lang gegen das obere Brett zu treten, bis es nachgab. Es hätte durchaus sein können, dass damit die Kiste destabilisiert wurde und alles, was man vielleicht daraufgestellt hatte, die Kiste und Inhalt, also mich, zusammendrückte. Doch zum Glück gab es in mir nur den einen Gedanken: raus hier! Umso beherzter trat ich mir meinen Weg in die Freiheit durch das dumme, grobe Brett über mir. – Mit einem letzten, gezielten Tritt sprengte ich es genau in dem Augenblick, als die Verbindungstür zum Frachtwaggon aufflog.

Da war er wieder, der schlaksige Soldat mit seiner Tellermütze. Und die Spritze hatte er auch dabei …

… rattatatt, rattatatt, rattatatt …

Beim zweiten Erwachen ratterte es leiser, die Luft ließ sich leichter atmen. Und im Waggon war es hell. Aber alles erschien unscharf. Konturen und selbst Gerüche zogen verwaschen und unergründbar an mir vorbei. Man schien mich in ein schaukelndes Nest aus härener Watte gepackt zu haben, die zu rau war, um weich zu sein und gleichzeitig zu schlecht verarbeitet, um stabil zu bleiben. Immer noch schaukelte ich, als hätte ich während meiner Ohnmacht ordentlich gebechert.

Ein fremdes Gesicht beugte sich über mich und sagte: »Sto!«

Meine pelzige Zunge wollte fragen: »Was?«, doch ich bekam die Zähne nicht auseinander. Ungeschickt schob ich die Zunge hin und her, als wäre damit die plötzliche Kieferblockade zu lösen. Was natürlich nicht der Fall war.

»Sto!«, wiederholte das fremde Gesicht ungeduldig. Etwas Weißes über seinem Haaransatz bildete sich heraus. Weiß wie … eine Haube?

Das Gesicht grunzte unzufrieden und verschwamm kurz. Etwas drückte gegen meinen Mund und schob sich zwischen meine trockenen Lippen, ohne dass sich meine Kiefer auch nur rührten. Wässriger Tee tröpfelte auf meine pelzige Zunge. Gern hätte ich selbst nach dem Ding gegriffen, aber dazu hätte ich meine Arme bewegen müssen. Was auch nicht ging. Das Gesicht schien trotzdem zufrieden, zog das Etwas aus meinem Mund und verschwand.

Ich schlief ein.

Das Spiel wiederholte sich. Ich schlug die Augen auf, jemand gab mir etwas zu trinken, ich schlief wieder ein. Jedes Mal beherrschten das Rattern und das Licht meine Gedanken, weil ich herauszufinden versuchte, wie viel Zeit seit dem letzten Erwachen vergangen war. Doch kaum hatte ich einen Blick aus meinen immer dicker werdenden Augenlidern riskiert, gab das Gesicht mir etwas zu trinken und ich dämmerte wieder zum Rattern des Zuges weg. Für mehr waren die Wachperioden zu kurz.

Beim vierten oder fünften Mal war ich vorsichtiger. Statt sofort die Augen aufzureißen, gelang es mir, unbemerkt zu blinzeln. Niemand kam.

Gut so.

Und das Rattern war auch weg. Genauso wie das Schaukeln.

Ich war allein.

Ganz allein.

Plötzlich wurde es dunkel.

Ungewollt riss ich die Augen auf, wollte mich aufsetzen, doch kein Muskel rührte sich. Ich war im wahrsten Sinne des Wortes steif wie ein Brett!

Und während sich allmählich die Fenstervierecke des Waggons in der Dunkelheit abzeichneten – die übrigens gar keine richtige Dunkelheit war – hörte ich, wie sich eine Tür öffnete und jemand hereinkam.

Schwere Stiefel auf Holzboden.

Eine Taschenlampe flammte auf und leuchtete mir ins Gesicht.

»Bist du endlich wach?«, fragte die Stimme des Tellermützensoldaten. »Na, Gott sei Dank. Ich dachte schon, du hättest dich davongemacht.«

»Ws«, würgte ich hervor, da ich die Zähne nach wie vor nicht auseinanderbekam. Wie hieß der Kerl noch mal?

»Na, du verstehst schon, gestorben, vom Schlitten gerutscht, ins Gras gebissen. Ich habe mich mit der Dosierung ein bisschen verschätzt.« Der Lichtkegel erlosch.

»Mch d Lmp n!«

Trotz Dunkelheit konnte ich sein Gesicht erkennen, das meinem jetzt ganz nah kam. »Verhalte dich noch eine Weile still. Ich bin dein Freund, aber alle anderen hier nicht. Wenn einer von denen mitbekommt, dass du hier bist, gibt es Ärger. Verstanden?«

Ich brachte ein angedeutetes Nicken zustande.

»Gut.« Ausatmen. »Demnächst kommen ein paar Leute, die dich mitnehmen. Tu so, als wärst du immer noch ohnmächtig. Falls du das nicht kannst, muss ich dir doch eine Spritze geben. Keine Ahnung, ob dein Kreislauf die noch verkraftet.«

»Ncht! Mpf!«

»Glaub mir, ich möchte das auch nicht! – Sie werden dich in einen anderen Waggon bringen. Und denk dran, du bist ohnmächtig!«

»Npf!«

Semjon, das war sein Name! Er zog den Kopf zurück. »Alles wird gut, ja? Alles Weitere sage ich dir drüben. Vorausgesetzt, sie schlagen dich nicht unterwegs tot.«

Was dann geschah, kann ich nicht mehr mit Bestimmtheit sagen. Die Dunkelheit wurde von weiteren Gestalten gestört, die nach etwas Bekanntem rochen, das ich aber nicht riechen wollte. Sie brachten den Geruch viel zu nah an mich heran, als sie mich mitsamt der Bahre wegschleppten, auf der ich schon wer weiß wie lange vor mich hindämmerte. Ich atmete so flach wie möglich durch den Mund. Erst, als die Bahre im nächsten Waggon oben in einem Wandregal verankert war, konnte ich wieder durch die Nase atmen. Ich tat einen tiefen Atemzug.

Was ein Fehler war.

Jemand brüllte etwas.

Wie der Blitz war Tellermützen-Semjon neben mir. »Du sollst doch ruhig sein!« Seinem Zischen war deutlich anzuhören, wie wütend er war. Und wie angetrunken, dem Alkoholgeruch seines Atems nach zu urteilen.

»Ch bn rg«, quetschte ich heraus. Unbedacht griff ich nach meinem Kinn, um endlich den Grund der Kieferblockade zu erkunden. Das heißt, ich versuchte es. Ich bekam die Unterarme nämlich nur halb hoch.

»Lieg still oder du bekommst die letzte Spritze deines Lebens«, raunte Semjon.

Nun. Ich gehorchte. Ich musste.

Bereits etwas später setzte sich der Waggon in Bewegung. Um mich herum erwachte Seufzen und Stöhnen, jemand weinte wie ein kleines Kind. Tellermützen-Semjon lief immer wieder durch mein Blickfeld. Den Kopf konnte ich übrigens auch nicht drehen, und so blieb mir nur, den einmaligen Anblick der Matratzenunterseite auf dem rotbraun gesprenkelten Lattenrost über mir zu bewundern. Was rasch langweilig wurde.

Als die Halbnacht in den Morgen überging, waren Seufzer und Stöhnen im Waggon fast wieder verstummt. Schnarchen, Grunzen, hin und wieder unartikuliertes Lachen links und rechts des schmalen Ganges hatten es abgelöst. Die Tellermütze auf Semjons Kopf war durch eine weiße Haube ersetzt worden. Manchmal konnte ich ihn beobachten, wenn er zwischen den Regalen stehen blieb und beruhigend mit den anderen auf den Pritschen sprach. Wie ein Pfleger eben mit Kranken sprach. Auf Russisch. Vielleicht war nun endlich der richtige Zeitpunkt für eine gepflegte Panik gekommen.

»Alles klar?«, raunte der weiß bemützte Semjon plötzlich neben meinem Ohr. Meine aufkeimende Panik fiel in sich zusammen.

»Nchts st klr«, presste ich zwischen den Zähnen hervor. »Mch mch ls!«

Semjon seufzte. »Wenn du mir versprichst, dass du ruhig bleibst, schneide ich die Kinnbinde auf.« Er hielt mir die Hand hin und ich verrenkte mich so weit, dass ich einschlagen konnte.

Kaum hatte er den dicken Verband aufgeschnitten, schien mein Hals zuzuschwellen. Semjon gab mir zu trinken, so viel ich wollte und erklärte mir, dass er später auch den Katheter entfernen würde (bitte was?!). Dann setzte Semjon sich im Gang auf eine Kiste neben die Pritsche und berichtete leise.

»Ich habe es gerade noch zum Morgenappell in der Warwarakaserne geschafft. Es ist alles ein bisschen knapp geworden.« Ein böser Blick traf mich. Ich hätte mit den Schultern gezuckt, wenn ich gekonnt hätte. So blinzelte ich nur möglichst uninteressiert.

»Um 10 Uhr ist die Kompanie dann abgerückt«, fuhr er fort. »Ich hatte zu tun, dich einigermaßen stabil im Gepäckwaggon unterzubringen. Aber dort war es dir ja nicht gut genug.«

Ich würgte jede Widerrede hinunter, denn ich hatte noch die »anderen« im Hinterkopf, die mich totschlagen würden, wenn − egal. Irgendwann würde der Zeitpunkt kommen, seine Aussage richtigzustellen. »Whin fahren wr eigntlch?«, fragte ich so beiläufig wie möglich. Meine Backenzähne weigerten sich nach wie vor, sich zu trennen.

Fest sah Semjon mir in die Augen. »Nach Hause.«

»Nd wo istds?« Kaum hatte ich die Frage ausgesprochen, bereute ich sie. Erst Semjons Uniformmütze mit dem roten Stern, die russischen Gesprächsfetzen um mich herum, dazu seine seltsam anmutende Sanitäterkleidung, jetzt mit Haube und Kittel, die an einen Metzger erinnerte – die Antwort wurde mit Sicherheit unangenehm.

»Leningrad«, antwortete Semjon denn auch.

Ich sollte meine Fähigkeit, zukünftige Ereignisse richtig zu erahnen, trainieren und mit dem Lottospielen anfangen. Falls es so was dort, wo wir hinfuhren, überhaupt gab.

Semjon bückte sich und zog einen Karton unter meiner Pritsche hervor. Er kam mir vage bekannt vor, und tatsächlich holte Semjon ein Reclam-Bändchen nach dem anderen heraus, blätterte darin herum und schaute mich immer wieder an. Schließlich warf er ein abgegriffenes rotes Passbüchlein auf meine Decke. »Der passt am besten. Ich werde dich jetzt zurechtmachen. Und wehe, du versuchst zu fliehen!«

»Whin dnn?«, brummte ich. Mein Kiefergelenk knirschte unangenehm.

»Ich meine später, wenn wir angekommen sind.« Er hielt mir die Seite mit dem Foto dicht vor die Nase. »Das da bist ab jetzt du.« Das rote Büchlein mit den goldenen Buchstaben und dem Schriftzug СССР ПАСПОРТ wanderte in seine Hosentasche unter seinem weißen Kittel. »Du heißt ab jetzt Dimitri Bulgakow und bist mein Cousin. Verstanden?«

»Abr chknnken Wort Rssisch.«

Meinen Einwand wischte er mit einer Handbewegung weg. »Ich sage allen, dass du nach deinem letzten Wodkarausch verrückt geworden bist, falls sich überhaupt jemand für dich interessiert. Wir sind sowieso die Letzten im Transport. Wir sind bloß zum Aufräumen geblieben.« Nachdenklich rieb er sich die Hände. »Ich muss noch mal weg. Du bleibst hier ruhig liegen, ist das klar? Und wenn ich wiederkomme«, er warf einen Blick auf meine Leibesmitte, »werde ich dich in meinen Cousin verwandeln.«

Leningrader Lebensgewohnheiten

Die intimen Details meiner Verwandlung in Dimitri Bulgakow den Wahnsinnigen haben sich zum Glück in den Tiefen meiner Erinnerung verloren. Alles, was nicht in meinen Körper gehörte, wurde von Semjon fachmännisch entfernt. Alles, was nicht an meinem Körper angewachsen war, schnitt er weg, darunter die Gipsverbände um meinen Schultergürtel, meine Hüften und Oberschenkel. So gut es ging, ignorierte ich das Schnarchen und Stöhnen der Mitfahrenden, das rhythmische Schaukeln des Waggons und das immer hektischer vorbeieilende Pflegepersonal. Der erste Metzger-Pfleger hatte Semjon noch interessiert über die Schulter geschaut; die folgenden riefen mit zunehmender Dringlichkeit Dinge wie »Sdorogi!« und »Otojdi idiot!« und rempelten Semjon sogar an, wenn er nicht schnell genug zur Seite ging.

»Sto slutschilos?«, brüllte Semjon dem letzten Rempler hinterher und zog gerade rechtzeitig die dünne Decke über meine Blöße. Der Rempler in brauner Uniform machte kehrt und redete heftig auf Semjon ein, der angesäuert antwortete. Dann salutierte man zackig und trennte sich.

»Tja«, meinte Semjon. »Dann ist das wohl so.«

»Was denn?«, fragte ich erschöpft.

Der Soldat kehrte mit einem Kleiderbündel zurück, das wie eine Sowjetuniform aussah, drückte es Semjon in die Hand — wieder salutierte man, der Soldat stob davon.

Semjon zog mich hoch, bis ich auf der Kante der Pritsche saß. Das Bündel warf er auf mein Kissen. »Anziehen und warten!«, befahl er und ging hinter dem Soldaten her.

Nachdem ich gefühlt Tage sediert auf einer instabilen Pritsche zugebracht hatte, war es gar nicht so einfach, in Unterwäsche und Uniform zu schlüpfen. Noch schwieriger wäre es mir jedoch gefallen, nur in eine kratzige Armeedecke eingehüllt der Dinge zu harren, die nach und nach den ganzen Waggon in Aufregung versetzten. Wie würden die Russen außerdem reagieren, wenn ich nackt in ihrer ehemaligen Zarenstadt aus dem Zug stieg? Denn tragen lassen würde ich mich nicht mehr, das stand für mich fest.

Doch auch die Zeit, bis es endlich soweit war, verging nicht ohne Qualen. Erst wartete ich scheinbar vergeblich auf Semjons Rückkehr. Als er dann endlich wieder auftauchte, stülpte er mir eine Tellermütze auf den Kopf. »Die lässt du auf, bis wir den Bahnhof verlassen haben, kapiert?«

»Kap—«

Und schon war er wieder weg.

Ein paar Minuten später war er wieder da, diesmal mit einem Koffer und meinem Rucksack. »Nimm den auf den Rücken. Wenn dich jemand fragt, wo du den herhast, sagst du, das ist ein Abschiedsgeschenk.«

»Aba ich knn kn Rssisch«, entgegnete ich unbeholfen. Das Kiefergelenk wollte noch nicht so recht.

»Sag ›Eto prochalnie podarok‹«, meinte Semjon, »aber vielleicht ist es am besten, wenn du lallst. Du bist wahnsinnig, vergiss das nicht.«

»Eto pro– jklar. Lalln. Dnke.« Die beginnende Aufregung manifestierte sich als Kribbeln auf meiner Kopfhaut, hin und wieder garniert von kleinen Stichen des rauen, inneren Hutbandes. Ich begann unter dem Tellerhut zu schwitzen.

Die Waggonfenster waren so schmutzig, dass ich von der Einfahrt in den Leningrader Bahnhof nicht viel mitbekam. Außer mir warteten noch vier weitere Versehrte auf ihren Pritschen darauf, hinausbegleitet zu werden. Der Zug hielt, Semjon klemmte meinen Arm unter seinen und zog mich hinaus. Er ging sogar vor mir die Stufen des Waggons hinunter, damit ich nicht stürzte, weil meine Knie noch weich waren – dachte ich. Tatsächlich wollte er erstens verhindern, dass ich weglief und zweitens das Gespräch mit einem der uniformierten Kontrolleure führen, die am Bahnsteig standen und unsere Papiere sehen wollten. Das Frage-Antwort-Zeig-deinen-Pass-Spiel lief wie erwartet auf Russisch zwischen Semjon und dem Kontrolleur ab. Ich schaute dabei so wahnsinnig, wie ich konnte und hätte mich gern unter der Mütze gekratzt. Aber das ging natürlich nicht, weil es garantiert jemand respektlos gefunden und mich zur Raison gerufen hätte.

»Chorosho«, sagte der Kontrolleur und ergriff meinen freien Arm. Semjon salutierte, ließ mich los – und verschwand zwischen den anderen Soldaten, die nach und nach aus dem Zug quollen.

Der Kontrolleur grinste mich an. »Komm«, sagte er und zog mich davon. »Parusskij? Papolskij?«

Verdattert ließ ich mich mitziehen. »N-njet. Deutsch.«

»Panemetzkij.« Der Kontrolleur nickte zufrieden. »Komm, Freund.«

Fassungslosigkeit und Kopfjucken ließen mich hinter ihm herstolpern, vorbei an der Bahnhofshalle, schließlich um eine Ecke, weg vom Gleis mit dem Zug, aus dem immer noch Soldaten kletterten und sich in lockeren Reihen aufstellten. Hier, zwischen den heruntergekommenen Werkstattgebäuden, herrschte beklemmende Stille. Wie im Wald auf dem nächtlichen Beerberg ... Was hatte Semjon mit dem Kontrolleur besprochen? Und ich Trottel hatte auch noch verraten, dass ich aus Deutschland war und zudem nichts in einem russischen Truppenzug zu suchen hatte ...

Ich taumelte. Abrupt blieb der Kontrolleur stehen, griff eisern nach meinem anderen Arm und richtete mich auf. »Krank?«, fragte er streng.

»Gefängnis?«, flüsterte ich unsicher.

Langsam schüttelte der Kontrolleur den Kopf. »Tjorma nix. Kwartira.«

»Okay«, murmelte ich. Natürlich hatte ich nichts verstanden. Das Kribbeln und Stechen breitete sich langsam über Nacken und Schläfen aus.

Die frische Luft tat mir gut, auch wenn sie meinen Hunger weckte. Getrunken hatte ich genug, wie mich meine Blase wissen ließ. Aber mein Magen! Mein Knurren reizte den Kontrolleur zum Lachen. Fast wäre er auf dem lückenhaften Kopfsteinpflaster gestolpert, auf dem wir das Werkstattviertel des Bahnhofs wieder verließen. Wir gelangten in ein Wohngebiet mit engen Gassen, noch schlechterem Straßenbelag und Zeilen voller grau-schwarz-braun angelaufener Häuser, die bestimmt einmal sehr ansehnlich waren. Anscheinend hatte man im Mutterland des Kommunismus' Wert auf schönes Wohnen gelegt. Wohin ich schaute, erblickte ich hohe Fenster, Erker, sogar Türmchen und Ziffernblätter an Türmen auf Dachfirsten. Na ja, trotzdem war alles ziemlich heruntergekommen, aber immerhin sah es nicht aus wie der funktionale Plattenbau auf dem Beerberg. (Erst viel später las ich in einem Buch, dass so mancher Schnörkel an einer Bonzenvilla ebenfalls im Werk vorgefertigt und nach dem Baukastenprinzip angebracht worden war.)

Allzu weit liefen wir nicht. Schon bald schob der Kontrolleur mich durch eine zerschrammte Haustür in ein Treppenhaus und weiter in den zweiten Stock. Die hölzernen Treppenstufen knirschten, das Holzgeländer wackelte gefährlich — aber es roch nicht nach DDR–Linoleum, sondern anders unangenehm, vielleicht wie UdSSR-Linoleum.

Mein Magen knurrte wütend, als mein Begleiter eine Wohnungstür aufsperrte. Hierbei handelte es sich nicht um ein »Brett mit Schloss« wie im Plattenbau, sondern eine aufwendig verglaste Tür zu einer echten Altbauwohnung (oder eine auf alt gemachte nach kommunistischem Baukastenprinzip). Im Flur hatte man Parkett verlegt, geschützt durch mehrere Flickenteppiche. Die Uniformmützen hängten wir an die Messinghaken der Garderobe, meinen Rucksack nahm ich mit. Ich wurde bis zur Küche durchgeschoben und erhaschte, da alle Türen offenstanden, einen Blick auf die anderen, vollständig möblierten Zimmer. Wäre ich nicht so hungrig gewesen und hätten meine Schultern nicht so penetrant gekribbelt und gestochen, hätte ich anerkennend durch die Zähne gepfiffen. Die Leningrader wussten, wie man Wohnungen geschmackvoll einrichtete! Und wenn ihre Badezimmer alle so schmuck aussahen, konnte der Kommunismus gar nicht so schlimm sein, wie die Regierungen der USA und West-Deutschlands immer behauptet hatten. Jedenfalls *in* den Häusern.

In der Essecke wurden mir Brot, ein sehr harter Käse, fettige Blutwurst und Tomaten durch die bereits bekannte Durchreiche serviert. Auf dem Gasherd wärmte der Kontrolleur eine Suppe. Zwischendurch stellte er sich mir mit Händen und Füßen als Michail vor. Ich nannte mich wie befohlen Dimitri – Michail nickte wissend – und fragte nach Wasser. Nein, kein Wodka. – Ja, wirklich, ich möchte Wasser. So nahm sich Michail des Wodkas an, während ich mich um die formschöne Wasserkaraffe kümmerte. Wir aßen und tranken, grinsten uns immer wieder anerkennend an, und dazu kratzte ich mich in wiederkehrenden Intervallen.

Dann geschahen zwei Dinge gleichzeitig: Erstens setzte das Sättigungsgefühl ein und brachte erneut die Unruhe mit, die mich schon beim Erwachen im Zug begrüßt hatte. Zweitens legte Michail sein Besteck weg. Er beendete seine unverständliche Erklärung, in der sehr oft die Begriffe Semjon, Gaven und Port vorkamen, mit den Worten »Do swidanja«, salutierte lässig und ging.

Das führte zu einem Juckreizschub bis hinunter zu meinen Hüften, von wo er sich nach vorne zum Bauch ausbreitete.

Es war kaum noch auszuhalten.

Kaum war die Wohnungstür hinter Michail zugefallen, rannte ich ins Bad und riss mir die Uniform vom Leib. Meine Schultern und mein Nacken waren mit roten Flecken und Quaddeln übersät; meiner Kopfhaut ging es nicht viel besser.

Mein Rücken sah im Spiegel fast noch schlimmer aus. Wenn ich mich nicht beeilte, würde es meinen Beinen ebenso ergehen! Womit zum Teufel behandelten die Russen ihre Kleidung?!

Kaum hatte ich mich der Uniform entledigt, hörte das Stechen und Kribbeln auf, aber meine Haut brannte weiter. Hektisch duschte ich mich in der Badewanne ab, was ein wenig Linderung brachte. In die Uniform würde ich nicht mehr steigen – aber nackt durch Leningrad zu laufen erschien mir immer noch nicht attraktiv genug.

Eingewickelt in das altmodische Handtuch, das ich im Badezimmer gefunden hatte und das ein VEB-Wäschezeichen trug (die DDR hatte wirklich die ganze Welt mit ihren Waren versorgt!), tappte ich in die Küche zu meinem Rucksack. Doch kaum hatte ich ihn geöffnet, wischte ein winziger schwarzer Punkt über das oberste Kleidungsstück, mein Lieblings-T-Shirt – und noch einer – und noch einer. Und als ich die Tellermütze von der Garderobe nahm, entdeckte ich auf der Innenseite weitere Punkte, die sich eilig auf mich zu bewegten.

Flöhe – jede Menge Flöhe!

»Gnnaaarch!« Vor Ekel hätte ich mir am liebsten die Haut abgezogen.

In meiner Verzweiflung lief ich in das Zimmer, in dem ich meinte, einen Kleiderschrank gesehen zu haben – und zu meinem Glück war dieser auch noch randvoll mit allem, was man braucht, um zivilisiert unter Menschen zu gehen. In wenigen Minuten verwandelte ich mich in einen gut gekleideten sowjetischen Bürger mit dezent gemustertem Oberhemd (Permaflott vom Wäsche-Kombinat Lößnitz), grauer Stoffhose und Hosenträgern, dazu sorgfältig gearbeitete Unterwäsche. Nichts davon juckte, brannte oder stach auf der Haut. Gut so! Aber das konnte man von Kleidung, die sich wohlhabende sowjetische Russen aus der DDR hatten liefern lassen, wahrscheinlich auch erwarten.

Und noch etwas fiel mir ein: Michail hatte die Tür nicht abgesperrt. Wenn ich jetzt noch ohne weitere Verletzungen das rote Passbüchlein aus der Uniform und hoffentlich mein Portemonnaie aus dem Rucksack herausgefummelt bekam, war der Weg nach Bochum frei. Ich würde mich so schnell wie möglich zum Bahnhof begeben und von dort aus die deutsche Botschaft ausfindig machen. In Leningrad gab es bestimmt eine Niederlassung der Bundesrepublik Deutschland!

Mit Aluminiumfolie aus der Küche über meiner rechten Hand brachte ich Pass und Portemonnaie ohne weitere Flohbisse an mich. Leider blieb mir keine Zeit, alles mit Wasserdampf zu desinfizieren, sodass ich beides fest in die Folie einwickelte. Reichte das? Lieber noch eine zweite Schicht drumwickeln – und dann nichts weg!

Ich schenkte meinem Rucksack noch einen letzten Blick – am besten reiste man jedoch sowieso mit leichtem Gepäck – und riss die Wohnungstür auf.

Und blickte in den Lauf eines Revolvers.

Das vertraute Knacken erklang, als ein schlanker Daumen den Hahn spannte.

»Na? Auch hier?«, fragte Cindy und grinste.

Perlentaucher

Falls es jemanden auf der Welt gibt, der sich daran gewöhnt hat, in den Lauf einer entsicherten Waffe zu starren – Respekt. Die Person soll sich bitte bei mir melden und mir das Geheimnis unendlicher Gelassenheit verraten. Denn mir bricht selbst bei der Erinnerung daran noch der kalte Schweiß aus.

Bei Cindys nächstem Satz wäre ich am liebsten in Ohnmacht gefallen. Und auch heute wackeln meine Knie noch gefährlich, sobald mein Kopfkino mir die folgenden Worte, gesprochen von einer Person, die ich unlängst hatte sterben sehen, vorspielt: »Gib mir die Kartuschen oder du bist tot.«

»Habch nich«, würgte ich hervor. Besonders die Vokale bereiteten mir beim Sprechen noch Halsschmerzen. In diesem Fall kam sanfte Todesangst dazu.

»Erzähl nicht so einen Blödsinn«, blaffte Cindy, ganz wie ich sie kannte. »Du hast sie mitgenommen, ich weiß es!«

»Das war Ursula«, kam es mir erstaunlich klar und blockadefrei über die Lippen. Die Erwähnung der ehemaligen Politoffizierin bereitete mir lediglich Kopfschmerzen.

Cindys Blick flackerte an mir vorbei in die Wohnung. »Ist sie hier?«

Vorsichtig schüttelte ich den Kopf.

»Wo ist sie?«

»Auf dem Friedberg«, flüsterte ich. »Aber es ging ihr nicht besonders gut, als ich gegangen bin.« Vorsichtig holte ich Luft, um nicht zu viel Bewegung in meinen Körper zu bringen. Wer wusste schon, wie nervös Cindy war? »Und wie«, nervös hüstelte ich, »wie geht es deiner, äh ...« Ich deutete auf ihre Stirn.

Automatisch griff Cindy sich an Stirn und Hinterkopf, nicht nur, um zu prüfen, ob ihre hochgesteckten Kräusellocken noch korrekt saßen. Der Revolver in ihrer Hand zitterte kurz. »Wo ist Semjon?«, fragte sie dann.

»Auch weg.«

»Hat er die Kartuschen?«

»Welche Kartuschen?«

»Na, welche Kartuschen wohl? Die aus den Urnen!«

»Ich weiß es nicht!«, schrie ich sie an.

Unsanft stieß sie mich zur Seite und betrat die Wohnung. Wäre sie hier Michail begegnet, hätte sie ihn vielleicht erschossen. So erschoss sie, als sie die Tür zum Badezimmer aufriss, nur die Uniform in der Badewanne, bevor sie sie herauszerrte und darin herumwühlte. Natürlich hätte ich die Flöhe erwähnen können — oder fliehen ... Aber mir war in dem Moment mal wieder alles zu viel. Nur das Atmen funktionierte einigermaßen.

Cindy kam zurück, die Waffe gesenkt. »Wo sind sie?«, herrschte sie mich an.

»Ich weiß es nicht«, wiederholte ich so deutlich wie möglich.

»Semjon muss was gesagt haben!«, fuhr sie eine Spur lauter fort. »Ihr macht doch gemeinsame Sache!«

»Was für deine Sache denn?« Meine Worte hallten bis ins Treppenhaus.

Langsam schüttelte Cindy den Kopf. »Was hat er gesagt, als du ihn zum letzten Mal gesehen hast?«

»Da hat er mit Michail Russisch gesprochen«, sagte ich wahrheitsgemäß. »Ich habe kein Wort verstanden.«

»Schon mal was von Internationalismen gehört?« Sie musterte mich von Kopf bis Fuß. »Also los, was hast du verstanden? Sag's mir, auch wenn es nur Silben waren.«

Mein seltsamer Schwebezustand aus Angst, Unwissen, Überforderung und Resten von Beruhigungsmitteln im Blut verhinderte, dass ihre Waffe meine Erinnerungen auf Touren brachte. Eher mäßig schnell arbeitete ich mich gedanklich durch die letzten beiden Stunden, lief den Weg mit Michail zurück übers schadhafte Kopfsteinpflaster durch heruntergekommene Häuserschluchten zum Werkstattviertel, auf den Bahnsteig, der vor Soldaten wimmelte, ließ sein letztes Gespräch mit Semjon vor meinem inneren Auge Revue passieren. Doch so sehr ich auch nachdachte, mehr als »port«, was ich auf Passport zurückführte, und »gaven« gab mein Gedächtnis nicht preis. Diese Erinnerungsfetzen konnten demnach auch von Michails Abschiedsgebrummel stammen. Trotzdem sagte ich Cindy alles in der Hoffnung, sie loszuwerden.

Doch statt mich in Ruhe zu lassen, blitzten ihre Augen wieder gefährlich. Sie kicherte irre, drückte mir die Waffe in die Seite und bellte: »Vorwärts, wir gehen!«

Vor dem Haus wartete ein metallblauer Moskowitsch mit riesigen Geländereifen auf uns. Cindy schob mich auf die Beifahrerseite und knallte die Tür hinter mir zu.

»Kopf runter«, sagte sie, und gehorsam rutschte ich so tief in den Sitz, dass man, so hoffte ich, von außen nur noch meine kariert gewebte Schiebermütze erkennen konnte.

Je weniger Leute im Feindesland mitbekamen, dass ich hier war, desto besser. Cindy hatte mich jedoch aus einem anderen Grund dazu aufgefordert. Es ging dabei nicht um Rache für ihre unerwiderte Liebe, sondern die uniformierten Milizionäre, die vorne zu Fuß um die Ecke gebogen waren und in unsere Richtung kamen. Ob sie zu uns hereinschauten, als der Moskowitsch an ihnen vorbeifuhr, weiß ich nicht.

Der Doppelpunkt meiner Casio-Uhr blinkte angespannt 6:39. Den Lichtverhältnissen nach musste es Abend sein; aber Zeit hatte für mich jede Bedeutung verloren.

Wir fuhren zehn, fünfzehn Minuten, vorausgesetzt, ich interpretierte die Stellung des großen Uhrzeigers im Armaturenbrett richtig. Um einen genauen Blick darauf zu werfen, hätte ich mich aufsetzen müssen, aber das traute ich mich nicht. Folglich bekam ich auch nicht viel von der Umgebung mit. Allerdings wusste ich auch nicht so recht, ob ich mir das Elend des Verfalls noch mal antun wollte. Es reichte, mit dem Moskowitsch von einem Schlagloch zum nächsten zu hopsen, ohne sich dabei sämtliche Knochen zu brechen.

Von meiner eher ungünstigen Position versuchte ich, einen Blick auf Cindys Kopf zu erhaschen. Eine Strähne hatte sich bereits aus ihrem Dutt gelöst und gab den Blick auf zwei recht große medizinische Klammern preis, die ihre Kopfhaut zusammenhielten. Hoffentlich geschah mit ihr während der Fahrt nicht das Gleiche, was mit Ursula im Keller auf dem Friedberg—

Ich verbat mir jeden weiteren Gedanken.

Als wir ausstiegen, fiel mir erst auf, dass es den ganzen Tag geregnet haben musste. Die Luft war frisch und kühl; die Abendsonne kam gerade hinter den Wolken hervor und vergoldete die Landschaft — und das Wehr, zu dem Cindy mich brachte. Hier war niemand unterwegs, um sich über das volle Hafenbecken zu freuen, in dem die Schiffe mit vollen Kielen anlegen konnten, um die Fracht zu löschen.

Sie schubste mich auf die Brücke über den Fluss bis ungefähr in die Mitte des Wehrs; von links kam das Flusswasser, rechts stürzte es in die Tiefe und sammelte sich im Becken.

»Da hast du deinen Port. Semjon hat vom Hafen gesprochen, nicht von dem dämlichen Sowjetpass, mit dem man nicht mal in Russland richtig herumkommt«, knurrte Cindy. Ihr Mund wisperte Verwünschungen gegen die Welt im Allgemeinen und Semjon im Speziellen. Der Revolver lag auf meiner rechten Hüfte. Keine gute Stelle, wenn man vorhatte, in einem unbeobachteten Augenblick abzuhauen. Die Chancen, unverletzt zu entkommen, waren auch nicht gerade üppig: Nach einem beherzten Zick-Zack-Sprint gelangte man links wie rechts vom Wehr in verfilzte Wäldchen, durch die man kaum durchkam, unter uns der Fluss, dessen Strömung mich, sollte ich hineinspringen, ins Wehr drücken würde. Falls meine Körperteile jemals wieder auf der anderen Seite herausplumpsten, führte der nächste Weg direkt in den Finnischen Meerbusen — so viel hatte ich vom Erdkundeunterricht behalten.

»Wie — wie heißt der Leningrader Fluss noch mal?«, hörte ich mich fragen.

Verwirrt unterbrach Cindy ihre Tiraden. »Newa. Warum?«

Zitternd holte ich Luft. »Ich mag es, die Namen der örtlichen Gegebenheiten zu kennen, an denen mein Leben bedroht wird.« Cindy zischte ungläubig. Vorsichtig beugte ich mich über die Wehrmauer und blickte hinunter auf das Wasser. »Ganz schön klein, dieser Hafen. Jedenfalls für eine so riesige Stadt.«

Jetzt schaute Cindy mich an, als hätte ich nicht mehr alle Tassen im Schrank. »Das ist nur ein Wehr. Das Becken wird in die Richtung natürlich größer.« Sie fuchtelte mit der freien Hand herum. »Da hinten geht's weiter. – Da war mal ein Vergnügungspark.«

Den letzten Satz bekam ich nur halb mit, denn die Mündung des Revolvers rutschte nun gefährlich auf meinem Rücken herum. »Du hast immer so interessante Geschichten parat.« Ganz langsam atmete ich aus.

»Und du hast gleich Schichtende, wenn Semjon nicht bald auftaucht – für immer!«, brach es plötzlich aus ihr heraus. Ich spürte ihren Hieb mehr kommen, als dass ich ihn sah, und duckte mich. Ihre harte Hand traf mich nur halbherzig im Nacken, aber es reichte, um mich gegen die Brüstung zu stoßen. Und weil es Cindy nicht genug an Vergeltung war, schlang sie mit ihrer ungezügelten Kraft ihren Arm um meine Beine, hob mich an – und kippte mich hinunter ins Sammelbecken. Ich sah das Wasser auf mich zurasen, bevor ich auf der Oberfläche aufschlug und unterging. Unter Wasser zischte etwas an mir vorbei – einmal, zweimal – die Strömung drückte mich, wie ich es vorausgesehen hatte, gegen die Wehrmauer. Keuchend kämpfte ich mich nach oben, durchstieß die Oberfläche, schlug um mich, rang nach Luft.

Weit über mir an der Brüstung schwebte Cindys Kopf. Als sie ihre Waffe ein letztes Mal auf mich richtete und abdrückte, wirkte sie seltsamer als je zuvor.

Die Stille tiefer Wasser

Oben auf der Wehrkrone, vor dem Sonnenuntergang entfernte sich Cindys Silhouette von der Stelle, an der sie gerade noch ihre Waffe auf mich gerichtet hatte. Unten trat ich Wasser und kämpfte mit meinen Laucharmen gegen die Strömung des Flusses an, der mich über die Fallkante ins Sammelbecken tragen wollte. Wenn ich mich der Naturgewalt ergab und mich hinunterstürzen ließ, würden die nachströmenden Massen mich dort so lang unter Wasser drücken, bis ich ertrank. Von gruseligen Berichten älterer Verwandtschaft wusste ich, dass ein so gefangener Körper im Ganzen niemals alleine würde aufsteigen können. »Erst, als die bleichen Knochen ans Gestade gespült wurden, wussten wir, was aus unserem lieben Josef geworden war«, hörte ich Tante Sibylles unheilvoll-rauchige Stimme in meinem Unterbewusstsein raunen.

Prustend und schnaubend drehte ich mich in die Strömung und stieß und zog, was ich konnte – ohne Erfolg. Meine Kräfte verließen mich schneller als Cindy und ich gab auf. Sollten sie doch meine bleichen Knochen vom Ufer der Newa einsammeln …

Da packte mich plötzlich etwas und hielt mich fest. Der Impuls, um mich zu schlagen, war so schwach, dass ich mich hoch- und in etwas hineingezogen fühlte – eine schlingernde Nussschale, deren Außenbordmotor gegen das Wasser arbeitete und, als ich endlich still und keuchend auf dem Rücken lag, sich langsam und schwankend zum Ufer aufmachte. Ganz unromantisch sagte Semjons Stimme neben mir: »Von Ersaufen war nicht die Rede, Genosse!«

In meiner plötzlich aufstiebenden Wut richtete ich mich auf und bleckte die Zähne. »Es war auch nicht die Rede davon, dass du mich hier allein lässt, *Genosse!* Ich will nicht mal hier sein. Bring mich gefälligst wieder nach Hause, nach Deutschland!«

Begriffsstutzig, wie dieser Rote-Armee-Soldat nun einmal war, blinzelte er, wandte sich ab und steuerte das Boot weiter gegen die Strömung zum Ufer. Ich meinte, ein Grinsen über sein Gesicht schießen zu sehen, hatte aber nicht die Energie, ihn dafür zur Rede zu stellen. Es gab Dringlicheres, das ich wissen musste.

»Wo warst du?« – »Hatte was zu erledigen.«

»Was denn?« – »Geht dich nix an.«

»Warum bin ich dann hier?« – »Weil du dich von Cindy hast einsacken lassen.«

»Nein, ich meine: Warum bin ich in Leningrad?!«

Die Nussschale schrammte über die Uferkante. Wieder blinzelte Semjon ungewohnt langsam und stieg erst einmal aus. Mir floss das Wasser aus den Hosenbeinen, aber immerhin war es ein warmer Sommerabend, sodass ich mich ohne Sorge ans Ufer in den auflebenden Wind stellte.

Weil er nicht antwortete, versuchte ich, Semjon aus einer anderen Richtung einzukreisen. »Wann kann ich wieder nach Hause? Ich verlange, dass du mich—«

Semjon prustete los. Nach ein paar herzlichen Lachern band er das Boot an einem Poller fest und stieg die Böschung hinauf.

»Hey! Ich hab gesagt, ich will, dass du—«

»Ich hab dich gehört, Genosse!« Er fuhr herum, sein Gesicht verzerrt vom künstlichen Lachen, und schaute auf mich hinunter. »Aber das geht momentan nicht!«

Vor meinem inneren Auge liefen ungefähr drölfzig Hollywood-Dialoge ab, die ich bisher im Kino aufgeschnappt hatte. Alle drehten sich darum, dass etwas nicht getan werden konnte, aber niemand eine richtige Begründung dafür liefern wollte. Das hier war auch so ein Dialog, der nur dazu führen würde, dass wir auf der Böschung standen und uns anblökten, was mich aber nicht weiterbrachte. Also übersprang ich das Warum-Darum-Spiel und nötigte Semjon eine andere Frage auf.

»Dann sag mir bitte endlich, was auf dem Beerberg passiert ist. Damit ich mich gegebenenfalls drauf einstellen kann, dass irgendwann die Russen-Mafia vor meiner Haustür steht.«

Mit dieser Frage hatte wiederum Semjon nicht gerechnet. Wieder dieses entnervend langsame Blinzeln. Dann nickte er ergeben. »Okay. Kann ich machen. – Aber wir müssen weg von hier.«

»Ach was«, grunzte ich sarkastisch und erklomm die Krone der Böschung. Nebeneinander trotteten wir den schnurgeraden Uferweg entlang. Und während Semjon, der seine Sanitäter-Metzger-Tracht längst gegen Zivilkleidung getauscht hatte, die Umgebung im Blick behielt, erzählte er eine, wie ich fand, gar nicht mehr so unglaubliche Geschichte.

»Die Eltern von Cindy, Detlef und Ursula waren im Staatsdienst der DDR, die Väter in der NVA, die Mütter in der Verwaltung. Nach der Wende sind sie verschwunden, verstorben oder mit Ansage untergetaucht, wahrscheinlich irgendwo in Südamerika.«

Ich dachte an Cindys Auswahl an Pässen, die ich in ihrem Portemonnaie gefunden hatte. »So, so.«

»Wenn du es nicht wissen willst, frag nicht danach, Wessi!«, fuhr Semjon mich an.

Gut, dann schwieg ich eben. Ich erfuhr, dass die drei nach dem Verschwinden der Eltern damit begonnen hatten, leer stehende Wohnungen auszuräumen und die Fundstücke in den verwaisten Kellerverschlägen ihres Hauseingangs einzulagern. Immer wieder fanden sich darunter Sachen wie Schmuck, Goldmünzen oder wertvolle Antiquitäten. Die Kellerverschläge waren schnell voll, sodass man die Wohnungen, die von den Mietern nach der Wende verlassen worden waren, als zusätzliche Lager benutzte. »Zum Beispiel gibt's in der Nummer 75 auf dem Beerberg eine komplette Bibliothek in einer 3-Raum-Wohnung. Nur Erstausgaben ab 1815«, meinte Semjon geheimnisvoll. »Das lässt sich ganz gut versilbern.« Er drehte sich einmal um seine eigene Achse, um im hereinbrechenden Abend die Gegend zu sondieren. Außer uns gab es hüben wie drüben des Flusses nur Bäume, ein paar Überflutungswiesen und die eindrucksvolle, aber für meinen Geschmack etwas zu klein geratene Stadtsilhouette. Ungewöhnlich, dachte ich, wie mickrig Leningrad wirkt, wenn man sich mittendrin befindet. Aber auch das gehörte wohl zur Taktik der Sowjets, alles mit Propaganda aufzublasen, um den Feind jenseits des ehemaligen Eisernen Vorhangs noch in Schach zu halten. »Und wo kommst du ins Spiel?«

Semjon grinste. »Das Zauberwort heißt ›versilbern‹. Ich bin die Verbindung zur Warwarakaserne. Was meinst du, wie viele russische Offiziere und Generäle Wertgegenstände sammeln? Seit der Wende bezahlen die in harten Dollars. Kurz vor dem Truppenabzug im April ging es noch mal richtig rund in den Kellern. Da haben wir einen guten Schnitt gemacht.«

Meine Klamotten trockneten langsam von außen. Von innen schwitzte ich sie wieder durch, weil Semjon ein ungewöhnlich straffes Tempo anschlug. Nun, er war das Marschieren eben gewöhnt, im Gegensatz zu mir.

»Und damit kann man wirklich Geld verdienen?«, wunderte ich mich. »Ich dachte, Soldaten haben nicht so viel auf der hohen Kante.«

Er schmunzelte. »Du kennst dich nicht so gut aus damit, oder?«

Ich schüttelte den Kopf. Damit war auch klar, warum Cindy immer noch regelmäßig »nach Hause« gefahren war. Dass es allerdings keine sentimentalen Gründe gab, ließ mich an meiner Einschätzungsfähigkeit zweifeln. Cindy war demnach nicht nur die Meisterin der emotionalen Kurzschlüsse, sondern auch eine recht opportunistische Geschäftsfrau und alles andere als ungefährlich …

»Und die Kartuschen«, fuhr ich fort, »die sie von mir wollte? Woher hattet ihr die?«

Mag sein, dass Semjon kurz das Tempo anzog und sich dann wieder entspannte; vielleicht hatte mich auch nur mein eigener Nieser getäuscht, der mir entkam, denn wir liefen unter Bäumen, wo es schon recht frisch anmutete. Um ihm auf die Sprünge zu helfen, fügte ich hinzu: »Ich glaube, die waren auch in den Urnen, die sie ausgegraben hat. Beim – Rauschgift.«

In Semjon begann es sichtlich zu arbeiten; eine Weile marschierten wir schweigend weiter. Als ich schon die Hintergrundbeleuchtung meiner Casio brauchte, um die Uhr abzulesen, und die deutsche in russische Zeit umrechnete, sagte er plötzlich: »Ursula wollte von Anfang an nicht, dass du mitmachst. Weil man eine funktionierende Arbeitsgruppe nicht unnötig verändern soll und so weiter. Aber da hatten wir die Kartuschen schon gefunden. In einer der Wohnungen.« Er warf mir einen Blick zu. »Wir haben sie Emilia gezeigt. Die hat ihren Geigerzähler draufgehalten und das Ding schnurrte los wie ein Rudel Wildkatzen. Wir waren auch nur einmal in der Wohnung, weil wir uns nicht verstrahlen lassen wollten.«

»Das verstehe ich nicht. Ursula hat mich sogar selbst noch gefragt, ob ich—«

»Da wusste sie auch noch nicht, was im Keller passiert war«, schnitt Semjon mir das Wort ab. »Danach war sie jedenfalls strikt dagegen. Und den Rest kennst du.«

»Moment!« Bockig blieb ich stehen. »Was wäre denn meine Aufgabe gewesen, wenn ich mitgemacht hätte? Und was wäre dabei für mich rausgesprungen?«

»Cindys immerwährende Zuneigung.« Semjon packte meinen Arm und zog mich weiter. »Und dein Anteil an den Verkäufen.«

»Für die Antiquitätenverkäufe oder was?«

###»Nein, Mensch! Für die #Kartuschen!«

»Hä? Was ist denn—«

»Verdammt noch mal, habt ihr denn gar nichts in euren schönen freien Schulen im Westen gelernt?«, schrie Semjon. Er starrte mich mit hochgezogenen Augenbrauen an. Nach und nach fiel bei mir der Groschen.

»Und an wen wolltet ihr die … die Kartuschen weiterverkaufen?«, fragte ich naiv.

»Himmel.« Semjon rang fassungslos die Hände ob so viel Unwissenheit. »An den Mossad, zum Beispiel. KGB, MI5, CIA, IRA, die Mafia – denk doch selbst nach, wer daran Interesse haben könnte!«

»Aber es wird doch überall abgerüstet«, protestierte ich schwach.

»Und wie lange noch?«, gab Semjon zurück.

»Na ja, ich dachte—«

»Hör bloß auf zu denken, Wessi!«, widersprach Semjon sich prompt selbst und mir heftig. »Du wärst der perfekte Verbindungsmann für die Interessenten gewesen. Hättest dich jedes Mal anders verkleidet, das Zeug verklopft, das Geld kassiert und dich dann quasi in Luft aufgelöst. Niemand wäre uns auf die Schliche gekommen. Niemand! Aber jetzt ...« Zum x-ten Mal drehte er sich um sich selbst, um etwaige Verfolger aufzuspüren.

»Jetzt bin ich hier. Und den Job hätte ich natürlich nicht angenommen«, sagte ich etwas kurzatmig, denn Semjon war noch schneller geworden.

»Weil es jetzt sowieso egal ist.« In der beginnenden Dunkelheit klang Semjon zunehmend verzweifelt. »Sie halten Gorbatschow auf seiner Datscha gefangen und haben den Kreml besetzt. Wenn sie das Zeug in die Hände kriegen, haben wir unseren dritten Weltkrieg!«

»Was?« Mit einem Schlag kam mir die Stadt am Finnischen Meerbusen noch mickriger vor. »Wie weit ist Moskau von Leningrad entfernt?«

»Vielleicht siebenhundert Kilometer, aber wieso ist das jetzt wichtig?«

Ich ignorierte seine Frage. »Und wer sind ›sie‹?«

»Na, die Putschisten, die Altkommunisten! Kriegst du denn gar nichts mit in deinem schönen Westen?«

»Wie denn, wenn ich gar nicht dort bin? Und überhaupt hast du mir noch gar nicht gesagt, wo wir hinlaufen.«

Endlich blieb Semjon stehen. Der Abendwind zupfte an Hemd und Hose, die gierig meinen Schweiß aufsaugten. Ich fröstelte. »Und warum Cindy noch lebt und plötzlich hier auftaucht und die Kartuschen will.«

»Weil sie nur ohnmächtig war und die Kartuschen den Interessenten trotzdem noch verkaufen will. Und das darf nicht passieren, sonst – BUMM!« Seine Hände fuhren durch die Luft, um die Explosion zu unterstreichen. »Verstehst du?«

»Ja«, meinte ich verstört. »Und wo laufen *wir* hin?«

»Dorthin, wo wir die elenden Dinger neutralisieren können.« Selbst Semjons Atem ging nicht mehr ruhig. Sein Gesicht war nur noch ein heller Fleck in einem Topf voller Sepiatinte. »Wir gehen zum tiefsten Bohrloch der Welt. Weißt du, wo das ist?«

»Nein«, gab ich zu.

»In Sapoljarny«, antwortete Semjon und schwieg.

Erwartungsvoll schwieg ich mit ihm. Als die ersten Mücken meine nackten Arme als Landeplatz benutzten, wagte ich einen Vorstoß. »Ist das weit von hier?«

»Nur noch ungefähr zwanzig Minuten zu Fuß. – Aber wir müssen uns beeilen, bevor Cindy herausfindet, was wir vorhaben und vor uns dort ist.«

Ich glaubte ihm. Ich musste ihm glauben! Was blieb mir sonst übrig – allein in einem fremden Land, dessen Sprache ich nicht verstand und in dem Putschisten gerade versuchten, die alte, gefährliche Weltordnung wiederherzustellen?

Mondlandschaft

Da waren wir nun. Vor uns der Horizont mit der untergehenden Sonne, hinter uns bereits der Augustmond an einem Tag mir unbekannten Datums. Ich überlegte, ob ich Semjon danach fragen sollte. Aber was bedeutete ein Datum für meine oder seine Zukunft oder gar die Zukunft der Welt? – Eben. Gar nichts.

Dachte ich.

Der gute Bürger in mir meldete sich. Sollte ich nach Tagen voller Chaos jemals in meine alte Welt zurückkehren können, würden Daten und Kündigungsfristen sehr wohl wieder eine Rolle spielen. Denn ich würde mich mit der Frage beschäftigen müssen, ob mein Chef mich wegen unentschuldigten Fehlens bereits vor Ende der Kündigungsfrist rausgeschmissen hatte. Ich hatte mich ja nicht einmal telefonisch krankmelden können! – Richtig, dachte ich, das ist relevant, lieber guter Bürger. Aber erst, wenn Semjon die Kartuschen ins tiefste Bohrloch der Welt geworfen hat.

Jetzt standen wir am Rand eines größenwahnsinnigen Kraters mit dem Durchmesser einer Kleinstadt, der sich nach unten stufenweise verjüngte. Wollte man ihn umrunden, war man wahrscheinlich mehrere Stunden oder Tage beschäftigt. Ganz hinten konnte ich in der hereinbrechenden Dunkelheit riesige Maschinen erkennen; ihre Greifer streckten sich in den dunklen Himmel, darüber leuchteten die ersten Sterne.

Stumm starrte Semjon neben mir in den Krater zu seinen Füßen. Der einsetzende Nachtwind, der über die freie Fläche pfiff, zauste an seinen Haaren und wirbelte Staub aus dem Loch auf. Bäume oder wildes Gras gab es hier nicht, nur kargen, felsigen Boden; wir hätten auch auf dem Mond stehen können.

Der Wind trocknete zwar die letzten feuchten Stellen in meiner Kleidung, trug jedoch die ersten Anzeichen des Herbstes in sich. Die angenehme Kühle auf der Haut verwandelte sich in Zittern und Schniefen.

»Dann mal los«, sagte ich zu Semjon, der erstarrt zu sein schien.

Er rührte sich nicht. »Wenn ich die Kartuschen reinwerfe«, meinte er nach einer Weile, »und jemand ist so wahnsinnig und steigt hinunter, entdeckt sie, untersucht sie, stellt fest, dass—« Er brach ab.

Vorsichtig beugte ich mich über den Rand des Kraters. Irgendwo da unten musste der Boden sein; erkennen konnte man nichts. »Die Wahrscheinlichkeit ist eher gering, oder? Man muss anschließend ja wieder raufklettern.«

»Ein geübter Bergsteiger könnte das«, meinte Semjon nachdenklich.

»Wenn er verrückt genug ist«, widersprach ich, »und die Wände nicht nachgeben, sich keine Aufwinde im Krater entwickeln und so weiter.«

Semjon schaute mich prüfend an. »Bist du Bergsteiger?«

»Nein. Das habe ich in einem Buch von Reinhold Messner gelesen.«

Semjon lachte stimmlos. »Gelesen hast du es. Na dann.«

Der Wind frischte auf. Ich schlang die Arme um meinen Oberkörper. Gleichzeitig erwachte schnatterndes Sirren, das mich bis heute in meinen Albträumen verfolgt. Es näherte sich von Westen, wurde schnell zu lautem Schlagen und Krachen und brachte seinen Bruder, den Sturm, mit. Er rüttelte an uns, als wollte er uns umstoßen.

Unwillkürlich schien Semjon nach mir zu greifen, um mich erst vom Kraterrand wegzuziehen, dann zu schieben, als der Sturm immer heftiger wurde. Taumelnd bewegten wir uns auf das rhythmische Kreischen zu, die Köpfe gesenkt, die Arme umeinandergelegt. Unsere Haare flogen im Brausen und Tosen, das uns brüllend und johlend die Worte von den Lippen riss und sie ungehört verwirbelte. Zusätzlich drückte Semjon meinen Kopf nach unten. Ich sah, dass er den Mund bewegte, aber das Dröhnen des Sturms verwehrte mir ihre Bedeutung.

Gegen Semjons starke Hände richtete ich mich auf, kaum dass ich mich auf den Beinen halten konnte.

Ein Hubschrauber war in fünfzig Metern Entfernung gelandet; der Suchscheinwerfer auf dem Dach gleißte auf uns herunter. Ich musste die Augen schließen.

Als ich sie wieder öffnete, hatte Semjon mich losgelassen. Eine Gestalt hatte sich uns vom Helikopter bis auf zwanzig Meter genähert. Die Rotorblätter wurden bereits langsamer, bis sie gemächlich zum Stillstand kamen.

In der plötzlichen schneidenden Stille zwitscherte ein Vogel, den der Augustwind wahrscheinlich mitgebracht hatte, und stumm blieb, als keine Antwort kam.

»Dass man sich hier wiedertrifft«, rief die Gestalt. Die quäkende Stimme weckte eine frische, unangenehme Erinnerung. »Detlef?«

Semjon stieß mir den Ellenbogen in die Seite. Schweig! bedeutete es. Aber es war schon zu viel passiert, um jetzt noch den Mund zu halten. »Ich dachte, ich hätte dir den Schädel gespalten!«, rief ich.

Verblüfftes Schweigen erfüllte die karge Ebene. Im Gegenlicht des Scheinwerfers und wegen der Entfernung konnte ich Detlefs Gesichtszüge nicht erkennen. Er antwortete: »Fast, Luca. Nur fast.« Ich hörte den Triumph in seinen Worten. Und: »War ja klar, dass du mit dem da zusammenarbeitest!« Seine Silhouette deutete auf Semjon.

»Nicht die Spur«, widersprach ich. »Er hat mich entführt.«

»Quatsch nicht!« Detlef tastete seinen Kopf ab. »Er wollte dich neutralisieren. Anscheinend hat er seine Pläne geändert.« Dann setzte er sich wieder in Bewegung und kam auf uns zu. »Gib mir die Kartuschen, Semjon!«

»Ich hab sie nicht.« Bereitwillig breitete Semjon die Arme aus. »Kannst mich auch gern durchsuchen, aber ich hab sie wirklich nicht.«

»Da hat Michail mir aber was anderes erzählt.« Detlef kam nun zügiger heran und zog etwas aus seiner hinteren Hosentasche. Es überraschte mich nicht, dass er eine kleine Faustfeuerwaffe auf Semjon richtete.

»Michail? Scheiße.« Wie hypnotisiert klebte Semjons Blick auf der Waffe. »Ist er etwa zu euch übergelaufen?«

Detlef blieb stehen und legte den Kopf schief. Anscheinend stimmte es ihn zufrieden, Semjon aus der Ruhe gebracht zu haben. »Er wollte es sich nicht mit Emilia verscherzen. Sie ist seine Fahrkarte in die Freiheit.«

Also war Emilia auch noch am Leben? Ein Stein wäre mir vom Herzen gefallen, wenn ihm nicht die anderen, die sich dort ebenfalls aufgehäuft hatten, im Weg gelegen hätten.

»Ist sie das da im Helikopter?« Vorsichtig deutete Semjon auf die andere Person in der Flugkanzel.

»Nein. Sie muss sich nach den Strapazen der letzten Zeit ausruhen, bevor sie weiterreist. − Das drüben ist Michail. Er hat auch einen Pilotenschein.« Ohne die Waffe herunterzunehmen, drehte Detlef sich um und winkte der Gestalt im Helikopter zu.

Neben mir klapperte und klirrte es hektisch. Was genau geschah, war wegen des Scheinwerfers nicht zu erkennen; umso deutlicher hörte ich Semjon würgen.

Vorne zog Detlef demonstrativ die Schultern hoch und ließ sie mit einem tiefen Seufzer wieder fallen. »Tja. Dann wäre es jetzt Zeit für die Übergabe. Darf ich bit—«

Er hatte sich fast wieder umgedreht, als Semjon zum zweiten Mal würgte, diesmal angestrengter.

Detlef schwankte verblüfft. Seine Hand mit der Waffe zuckte kurz, ein Schuss peitschte.

Semjon ließ sich fallen.

Keuchen.

Wind.

Vogelgezwitscher.

Semjon schnappte sich das kleine, blanke Etwas, das auf dem felsigen Boden gelandet war, stopfte es sich erneut in den Mund. Wieder würgte und würgte er, diesmal gestört von Detlef, der sich auf ihn stürzte und daran zu hindern versuchte, das Ding zu verschlucken.

Leise begann Semjon zu lachen; wütend schlug Detlef ihm auf den Rücken und wuchtete sich wieder auf die Füße.

Ich stand immer noch wie erstarrt daneben.

Belustigt klopfte Semjon sein T-Shirt ab. »Kannst mich ruhig erschießen«, meinte er mit Blick auf den Lauf, der auf seinen Kopf zielte. »Aber dann musst du die Kartuschen aus mir herausschneiden. Oder Michail. Je nachdem, wer von euch den Anblick von Blut besser erträgt.«

Der sonst so zurückhaltende Detlef schnaubte wütend in der Dunkelheit, die sich endgültig über das Land gesenkt hatte, nur durchbrochen vom Helikopterscheinwerfer.

»Hoch mit dir, du Verräter!«, brüllte er Semjon an. »Du kommst mit. Und wenn die Kartuschen wieder draußen sind—«

Semjons Lachen wurde lauter, als wollte er sagen: Das werden wir ja sehen!

»Vorwärts!«, herrschte Detlef ihn an. Automatisch setzte ich mich ebenfalls in Bewegung. Neben mir explodierte der Fels. Erschrocken sprang ich zur Seite — Detlef hatte auf meine Beine gezielt!

»Nicht du! Mit dir hat der Ärger erst angefangen«, grollte er.

»Aber—«

»Du bleibst hier!«, wiederholte der gar nicht mehr sanfte Detlef wütend.

»Aber ich muss irgendwie nach Hause kommen!«, brüllte ich. »Ich habe hier nichts verloren!«

Detlef kümmerte das nicht. Stur trieb er Semjon vor sich her zum Helikopter und gab Michail, der Figur in der Kanzel, ein Zeichen. Sirrend erwachten die Rotorblätter zum Leben.

Semjon und Detlef kletterten in die Kanzel; sie verschwanden aus dem Strahl des Scheinwerfers und wurden zu unscharfen Schemen.

Kurz darauf stieg der Helikopter auf — gleichzeitig drückte mich der Abwind nach hinten. Wenn ich nicht in das Loch fallen wollte, musste ich mich zusammenkauern, am besten hinlegen. Binnen Sekunden wurde der Boden unter mir zu Tundraeis. Vielleicht friere ich fest, dachte ich.

Dann schwebte der sowjetische Hubschrauber über mir. Ich wurde vom Abwind in die Unebenheiten des Permabodens gepresst. Ich öffnete den Mund, um den Innendruck auszugleichen. Geplatzte Lungenbläschen wären jetzt, nun, nicht gut gewesen.

Gerne hätte ich Michail, der vor ein paar Stunden eigentlich ganz nett gewesen war, noch einmal in die Augen geschaut. Vielleicht wägte er ab, ob er mich nicht doch hätte mitnehmen sollen. Aber hier draußen war der beste Ort der Welt, um mich, den unnützen Mitwisser, loszuwerden.

Mit aufheulendem Motor raste der Hubschrauber davon, dem dünnen Abendrot entgegen. Ein letztes Mal bäumte sich der Sturm auf, schob sich unter meine Arme und Beine, hob mich hoch. Fast liebevoll entließ mich die Tundra aus ihrer tödlichen Umarmung, schubste mich sogar an, als ich davonrollte. Als wäre ich plötzlich wieder ein Kind und würde seitlich wie beim »Rollerfässchen« einen Hügel hinunterrollen, bis ich unten ankomme und vor lauter Lachen keine Luft mehr bekomme. Nur dass ich hier über den glatten Boden schlitterte, rollte, stürzte, meine Hände keine Grasbüschel ergriffen, sondern blankes Nichts.

Nach der letzten Umdrehung löste sich der Boden auf. Mein schreiender Körper fügte sich nahtlos ein in die Welt aus wirbelnd-eisigen Aufwinden, unterirdischer Hitze und dem Kreischen der verdammten Seelen der Hölle, als ich in das tiefste Bohrloch der Welt stürzte, dem Jüngsten Gericht entgegen.

Wiederauferstehung

Krachend wich das wirbelnde Nichts solider Dunkelheit.

Unter mir: eiskalte, sausende Tiefe.

In mir: trommelnder Herzschlag.

Über mir: die Milchstraße. Funkelnd. Rein. Im Flug erstarrt. Sterben war eigentlich ganz schön …

Einen letzten Atemzug wollte ich tun. Durch die Nase saugte ich ein, was die Welt mir noch an Sauerstoff überließ – und schrie so laut vor Schmerzen, dass über mir kleine Lawinen in Bewegung gerieten. Die Welt war also praktisch veranlagt und wollte mich in einem Aufwasch begraben?!

»SCHEIßEEEE!«

Noch nie hatte mir dieses kleine, vulgäre Wörtchen so viel Schmerzerleichterung gebracht wie dort, wo ich mich gerade befand. Die Welt konnte mich mal, und das sollte sie ruhig wissen, wenn sie nach allem Ärger so hinterfotzig die Erde über mir schließen wollte!

Mit dem Wörtchen leerten sich meine Lungen, der Schmerz ließ nach. Bevor meine Rippen brachen, atmete ich vorsichtiger wieder ein. Der Schmerz kehrte kurz, vielleicht auch ein wenig beleidigt zurück, dass ich ihm nicht jammernd und stöhnend aufwartete, und manifestierte sich im Bereich des Kreuzbeins. Als ob ich aufgewacht wäre, weil mir jemand etwas Hartes in die Matratze gesteckt hatte.

Was bedeutete, dass ich gar nicht fiel, sondern lag. Weshalb sich auch die Milchstraße über mir nicht bewegte.

Alles war sehr verwirrend.

Nachdem ich doch ein wenig geächzt und gestöhnt hatte, weil nicht nur das Atmen wehtat, wusste ich auch, was los war: Ich lag auf einem Absatz, der nicht weit von meiner linken Hand endete. Dieser Trichter war in Stufen in die Erde gegraben worden – was für ein Glück!

Einige Minuten später, in denen sich die Milchstraße über mir nicht oder kaum merklich verändert hatte, saß ich einigermaßen aufrecht auf dem Absatz und spähte hinunter. Allzu weit war man in Sapoljarny noch nicht mit dem tiefsten Bohrloch der Welt, denn das Licht des Vollmonds half mir noch, trotz der Finsternis hier unten alle fertig gebaggerten Absätze zählen. Und als noch mehr Zeit verstrichen und der Mond noch höher gestiegen war, glaubte ich zu erkennen, dass die Absätze eine treppenförmige Spirale bildeten, die ihre überdimensionalen Bögen um dieses Bohrloch schlang. Was für eine seltsame Art der Sowjets, Wissenschaft zu betreiben!

Außerdem stellte ich die Ursache für meine Kreuzbeinschmerzen fest. Jemand – wahrscheinlich Semjon – hatte zwei schmale Zylinder in meine hintere Hosentasche gesteckt, und ich war voll draufgeknallt. Das gab bald zwei fette blaue Flecken – was nicht wichtig war, solange ich hier unten hockte.

Mit zitternden Beinen richtete ich mich auf. Mein Brustkorb wollte nicht recht mitgehen, jede einzelne Rippe schien verhakt, alle Wirbel verschoben. Aber ich lebte und konnte einigermaßen atmen. Und gleich würde ich feststellen, ob ich auch klettern konnte, aber nicht mit den Kartuschen in der Hand. Ohne Schuldgefühle warf ich sie in den Krater. Sollten sie jemals wieder ans Tageslicht kommen, würde man sich wundern, wie sie dort hingelangt waren. Aber ich war dann hoffentlich weit, weit weg in einem gemütlichen Büro bei einer langweiligen Tätigkeit.

Der Vollmond begleitete meinen steilen, schmutzigen Aufstieg. Wenn ich am Hang abrutschte, glaubte ich, ihn kichern zu hören, also trachtete ich danach, nicht mehr abzurutschen. Die Hose opferte ich als Erstes, als ich mich über eine Kante hievte und dabei der Stoff der Länge nach aufriss, dann die Manschetten des Permaflott-Hemdes; schließlich blieb ein Knopf nach dem anderen zurück, auf jeder Stufe einer. Wahrscheinlich habe ich nichts gedacht, genauso wie ich nichts fühlte. Ich wollte nur raus aus dem Bohrloch und dann so schnell wie möglich die deutsche Botschaft und ein Telefon finden, um mich im Büro krank zu melden.

Eine Weile beschäftigte ich mich mit der Frage, ob ich, sollte ich die Botschaft nicht finden, von der Sowjetunion überhaupt nach Deutschland telefonieren konnte, ohne dass es jemand merkte. Der KGB war schließlich immer noch aktiv und ich ohne Aufenthaltserlaubnis ins Land gekommen. Dann geriet ich kurzfristig wieder in eine Rutschpartie und hatte alle Hände voll damit zu tun, nicht wieder dorthin zu plumpsen, wo ich mit dem Aufstieg begonnen hatte.

Allmählich verblasste die Milchstraße über mir. Im Osten färbte sich der Himmel erst grau, dann hellblau. Wahrscheinlich brach wieder ein Wischiwaschitag mit Regen und kaltem Wind an. Ich gab noch einmal alles, um auch die letzten zwei Absätze möglichst schnell hinter mir zu lassen. Wälzte mich mit letzter Kraft zurück auf die Felsen, wo mein Sturz in die Hölle begonnen hatte – und blieb völlig erschöpft liegen.

Über mir verging der Mond, was ich nicht sah, weil ich mit der Nase im Dreck lag. Aber ich konnte die Sonne spüren, die

131

in meinem Rücken aufging und ihre warmen Finger nach mir ausstreckte. Für die Situation war ich definitiv zu lyrisch; besser, ich steckte meine Energie in den Heimweg.

Zum x-ten Mal richtete ich mich auf, tappte vorwärts und blieb stehen. Drehte mich noch einmal um. Winkte dem tiefsten Bohrloch der Welt zu, als wäre es ein alter Freund und nicht ein gigantisches, unersättliches Tor zu meiner ganz persönlichen Unterwelt.

Und ging los. Keine Ahnung, wohin, Hauptsache, weg von der Sonne. Die ging bekanntlich im Osten auf und ich musste und wollte nach Westen.

Mit zunehmendem Tageslicht gewann auch die Welt um mich herum wieder an Farbe. Einigermaßen zügig hatte ich das Areal verlassen und befand mich nun zwischen Getreidefeldern auf einem schmierigen Feldweg mit tiefen Fahrrinnen, darin Pfützen vom letzten Regenguss, in denen sich Mücken tummelten. Und natürlich wollte jede probieren, was da Leckeres als Frühstück herumstolperte. Aber das störte mich nicht. Überhaupt hätte schon etwas wirklich Dramatisches passieren müssen, um mich aus meiner Erschöpfung zu reißen, trotz der ich lief und lief und lief wie seinerzeit der VW-Käfer. Hätten Cindy, Detlef oder Ursula mich in einer Wohnung oder einer verlassenen Garage gefunden, hätten sie mich mit Semjons Hilfe bestimmt sehr, sehr teuer versilbert.

Schließlich durchstieß das gleichmäßige Knattern einer unsichtbaren Maschine meine zähen Gedanken. Ich blieb stehen und hob den schweren Kopf. Das Geräusch stieg hinter einem kleinen Hügel auf und wurde über das hochstehende Getreide zu mir herübergeweht.

Schon wieder ein Helikopter?

Langsam rollte etwas Unförmiges mit großen Reifen über die Kuppe. Ein Traktor mit offener Kabine, darin ein Mensch. Und ich konnte nicht mal auf Russisch nach dem Weg fragen!

Der Traktor bremste und wartete im Leerlauf. Die Frau mit Kopftuch am Steuer starrte mich an.

Ich starrte zurück.

Schließlich stellte sie den Motor ab. Mir versetzte es den nötigen Impuls, endlich den Mund aufzumachen.

»H-hello«, krächzte ich. »Ich – Deutschland. Nach Hause. Wo?« Ich deutete in die Richtung, aus der sie gekommen war.

»Was bist'n dü für eena?«, fragte sie verwundert. »Und wie siehst'n dü überhoupt aus?«

Mein Herz tat einen Sprung. »Sie sprechen Deutsch?«, fragte ich verdattert.

Sie zuckte mit den Schultern. »Nu gloar. Was'dn sonst?« Einen Augenblick musterte sie mich. »Gehörste etwa zu den'n, die gestorn mit'm Heli abgestürzt sin'?«

»Ne ...« Ganz vorsichtig hatte ich geantwortet. »Ist da etwa einer abgestürzt?«

»Das habsch doch grad g'sacht. Gehörste nu' dazu odr nüsch?«

Kopfschütteln tat weh.

Die Frau seufzte. »Nu' gut. Komm erste mal mit frühstückn. Siehst ja rischtisch schlümm aus, du.«

Epilog

Ich erreichte Frau Fahnke an diesem Morgen um Punkt acht Uhr im Büro. Sie war zwar nicht begeistert, dass ich aus familiären Gründen meine zwei Tage Resturlaub schon diese Woche nehmen musste, konnte aber auch nichts dran ändern. »Wenn Sie Ihre Tante in Leipzig spontan pflegen müssen, dann ist das eben so. Ich sage dem Chef Bescheid. Sollte es länger dauern, lassen Sie sich krankschreiben, ja?«

»Klar«, meinte ich und legte nach einer knappen Verabschiedung schnell auf.

Elly nickte zufrieden und nahm mich von der Poststelle wieder mit zu ihrem Bauernhof mit den zwölf Kühen und vierzehn Hühnern und Wasti, dem Schäferhund, machte mir sogar ein zweites Frühstück und sparte auch nicht an Schmerztabletten. Vor dem Telefonat hatte ich bei ihr geduscht und von ihr sogar neue Sachen bekommen – im Austausch für die Geschichte, die hinter dem Ganzen steckte. Ob ich wirklich nichts mit dem abgestürzten Helikopter zu tun hätte und ob mir die Sachen ihres seligen Vaters auch wirklich passten, sie hätte da noch was von ihrem Bruder, der wäre längst nicht so feminin wie ich, aber früher, na, da hätte er an jedem Finger zehn Weiber gehabt, »so'n flodda Jung war das. Und jetzt issa so gut beienanda, dass ihn keene mehr anschaut!«

Ich saugte mir etwas von einer Sauftour mit einem Unbekannten und dem »schlimmsten Filmriss aller Zeiten« aus den Fingern – sie schaute mich lange an, sagte aber nichts. Stattdessen bot sie mir an, einen Bekannten von einem Freund drüben in Markkleeberg zu fragen, ob es für mich nicht ein Plätzchen in einer Linienmaschine von Leipzig nach Düsseldorf gäbe, das wäre doch in der Nähe von Bochum, oder? Wie Cindy wartete sie meine Antwort gar nicht erst ab, sondern »organisierte« mir sogleich ein Flugticket für lau.

»Und du hast wirklich nur zu viel gesoffen?«, fragte sie immer wieder. Und ich nickte ein ums andere Mal.

Im Gegenzug rückte sie bereitwillig mit den Informationen über den abgestürzten Helikopter heraus. Mitten in der Nacht sei der plötzlich aus dem Himmel auf das Feld der Nachbarn gefallen. Da hätte er bereits gebrannt wie eine Fackel. Zum Glück hatten Brauns das Getreide schon vor ein paar Tagen eingeholt, sonst hätte der Schaden »richtig derbe ins Kontor« geschlagen. Zwei Leichen waren später von der Polizei geborgen worden.

Nur zwei, dachte ich.

Als ich am Nachmittag in der kleinen, etwas gammeligen Abflughalle Leipzig/Halle eine Hand auf der Schulter spürte, erschrak ich deshalb auch nicht.

»Hallo, Semjon«, sagte ich und drehte mich um.

Der weißblonde Sanitäter zur See grinste anerkennend. »Haste es also doch aus dem Loch raus geschafft.«

»Und wie durch ein Wunder stehe ich jetzt hier neben dir in Leipzig und nicht in Leningrad. Irre, oder?«

»Du sagst es.« Sein Blick glitt an mir hinauf und hinunter. »Du reist ohne Gepäck?«

Langsam nickte ich. »Das liegt im tiefsten Bohrloch der Welt. Falls es jemand findet, darf er es gern behalten.«

Sein Blick wurde hart. »Wo genau?«

Doch ich hatte keine Angst mehr vor ihm. Die lag nämlich auch im tiefsten Bohrloch der Welt, beziehungsweise in der Grube des Braunkohletagebaus Cospuden. »Du wirst es schon finden.« Stumm maßen wir uns mit Blicken.

»Warum hast du mir eigentlich weisgemacht, dass wir in Leningrad sind?«, fragte ich.

Doch Semjon lachte nur dreckig. »Nein, das hast du dir selbst zuzuschreiben. Hättest du mich nach dem Namen der

Stadt gefragt, in der wir aussteigen, hätte ich dir natürlich die Wahrheit gesagt.«

»So, so.« Da kannst du lächeln, so herzlich du willst, ich glaube dir kein Wort, dachte ich verärgert. »Leider stand ich so unter deinen Drogen, dass ich überhaupt kein Zeitgefühl mehr hatte. Es hätte also durchaus sein können, dass wir in Leningrad—«

Ich stockte, weil Semjons Gesicht zu versteinern schien. Hinter mir tat sich offensichtlich etwas – ich drehte mich um und verfluchte mich dafür, dass ich die Packung Ibu, die Elly mir noch hatte mitgeben wollen, abgelehnt hatte: Vor Schreck hatte ich zu heftig eingeatmet und hätte am liebsten wieder vor Schmerzen geschrien.

Langsam und majestätisch schritt Emilia auf uns zu, ihren etwas dickeren Arm dezent unter der Jacke verborgen. Nur an der Hand spitzte etwas vom Verband hervor.

»Du hast etwas für mich, Sanitäter«, intonierte sie wie die Queen persönlich. Semjon zog ein Döschen aus der Hosentasche und reichte es ihr. Eine Sporttasche wechselte den Besitzer.

»Da skorowo«, sagte sie vornehm und ging davon, als wäre nichts geschehen. Wahrscheinlich würde sie sich jetzt endgültig in der Residenzia Mir zur Ruhe setzen. Wir schauten ihr nach, bis sie aus der Halle verschwunden war.

»Jedenfalls«, brach ich das Schweigen, »hätte ich mir gewünscht, dass du mir irgendwann einen Hinweis gegeben hättest, dass wir nicht in der Sowjetunion sind.«

»Kann ich was dafür, dass du so ungebildet auf Reisen in den Osten gehst?«, watschte Semjon mich ab. »Und wer bitte schön hätte denn deine Unwissenheit nicht ausgenutzt? Hättest seit der Wiedervereinigung ja mal einen Blick auf die Länder östlich von Polen werfen können. Oder?«

Da hatte er wohl recht. »Was macht eigentlich die Revolution?«

»Was wohl, sie revoltiert. Nach Hause werde ich jetzt erst mal nicht fahren.« Nervös zündete Semjon sich eine Zigarette an. »Vielleicht komme ich ja eine Weile bei dir in Bochum unter.«

Ich dachte an Emilia mit den Kartuschen und das, was Semjon dafür von ihr in der Sporttasche bekommen haben könnte. Und dass die vier Kartuschen, mit denen ich in den letzten 48 Stunden in Kontakt gekommen war, bestimmt nicht die einzigen waren.

»Nein. Ich riskiere nicht noch einen Riss in meinem Raum-Zeit-Kontinuum.« Dass heute erst der 19. August war, hatte sich für mich wie ein Schock angefühlt. Wie stark waren die Drogen, die Semjon mir verabreicht hatte? Und würde ich Schäden davontragen? In den nächsten Tagen wollte ich meinen Hausarzt aufsuchen und um eine Blutuntersuchung bitten.

»Schade. Wenn ich bedenke, was ich alles für dich getan habe …« Vage ließ Semjon das Ende des Satzes in der Luft hängen.

»Was *du* für *mich* getan hast?« Die Ungläubigkeit ließ meine Stimme nach oben ausschlagen. »Unter anderem wegen dir sitze ich doch jetzt gleich im Flieger von Leipzig nach Düsseldorf!«

»Das Ticket hast du für lau bekommen«, erinnerte Semjon mich sanft. Woher wusste er das jetzt schon wieder?!

»Ich habe übrigens kein Problem damit«, fuhr ich energisch fort, »zur Polizei zu gehen und ihr zu sagen, dass du auch in dem abgestürzten Helikopter gesessen hast. Und dann, mein Lieber, ist der Teufel los, weil du dann nämlich erklären musst, warum ausgerechnet du den Absturz überlebt hast!«

Wieder sein langer, nachdenklicher Blick. »Dann wirst du sicher auch eine Aussage zu dem Brand auf dem Beerberg machen, der am frühen Sonntagmorgen plötzlich im Keller eines fast unbewohnten Hauses ausgebrochen ist. Und warum auf dem Friedberg eine schwer verunstaltete Leiche im Trockenraum liegt. Und natürlich kannst du auch ganz lässig erklären, was du ausgerechnet jetzt in Leipzig machst. Und wie du dorthin gekommen bist. Nicht wahr?«

Mist.

Er zog an seiner Zigarette und blies mir den Rauch ins Gesicht. »Dann haben wir das also auch geklärt. Sehr schön.« Plötzlich schmunzelte er. »Falls die Revolution nicht den Dritten Weltkrieg auslöst, kommst du mich mal in Leningrad besuchen. Dann machen wir eine Tour zum echten Finnischen Meerbusen.«

»Kein Bedarf.«

»Ich hole dich ab, wie immer!« Er schwang sich Emilias Sporttasche über die Schulter. »Ach, noch was: ›Selionei luk‹ heißt auf Russisch Lauch. Irgendwie passend, oder?« Er legte zwei Finger an die nicht vorhandene Tellermütze und ging davon.

Plötzlich platzte die Wut in mir wie eine überreife Melone. Vis-à-vis war das Büro der Flughafenpolizei. Alles in mir drängte mich dorthin, um über die letzten 48 Stunden auszupacken und Cindy, Semjon und Emilia, diesen Zombies, eins reinzuwürgen, Dritter Weltkrieg hin oder her! Da …

… wurde mein Flug aufgerufen und ich beruhigte mich wieder. Weil es bedeutete, dass ich schon bald wieder Bochumer Boden unter den Füßen haben würde. Heimatscholle, mein Zuhause, wo sich keine Sowjetsoldaten, Hehler oder vigilanten Senioren herumtrieben. Wo das Leben so ereignislos war, dass Leute wie ich, die hier Luca und in Russland Lauch hießen, ihre Ruhe hatten und sich nicht entscheiden mussten, wer sie waren, wer sie sein wollten und wo es längs ging. Dort konnte ich einfach der Lauch sein, der ich schon immer gewesen war und in zwei Wochen meinen Job im Antiquariat antreten.

Mit diesem Gedanken betrat ich das Flugfeld, und kurz darauf waren Leningrad und Leipzig für mich nur noch eine kleine, gar nicht so feine Erinnerung.

Glaubte ich.

Hammer und Sense
Ein Plattenbau-Thriller

Winter 1991. Ich heiße Luca. Mein altes Leben liegt nur wenige Monate zurück. Mit Luca dem Lauch, der ins tiefste Bohrloch der Welt gefallen ist, habe ich nichts mehr gemein. Vor ein paar Tagen habe ich Sean im Antiquariat kennengelernt. Seitdem grasen wir die angesagten Techno-Clubs ab und leben das pralle Leben. Dass ich nicht wie andere Frauen bin, stört ihn nicht. Doch dann habe ich ihn dabei überrascht, wie er meine Papiere durchwühlte. Als Wiedergutmachung hat er Karten für die erste Mayday-Party in Berlin besorgt. Auf dem Weg nach Berlin gerieten wir in einen Schneesturm. Mit Mühe schafften wir es bis zu seinen Freunden irgendwo in Sachsen. Spätestens da hätte ich wissen müssen, dass die Vergangenheit zurückkehrt und einfordert, was man ihr angeblich schuldet ...

Kulturdezernat & Textflash präsentieren

MORD
IM METROPOL

June Is I J.S. Hartmann I Julia K. Hilgenberg
Catherine R. Striker I Effi Clifford Eweka
Catherine Strefford I Nike Leonhard I Saskia Dreßler
Michaela Stadelmann (Hrsg.)